女鍼師 竜尾

隠居右善 江戸を走る4

喜安幸夫

時代小説

二見時代小説文庫

目次

女鍼師《はりし》 竜尾《たつお》——隠居右善《うぜん》 江戸を走る 4

一　忍び寄る影

一

「うーむ。軽くなりやした」

と、仕事で肩を傷《いた》めた左官職人が、両腕を満足そうにぐるりとまわして帰ったあと、午《ひる》にはまだ間《ま》があるというのに、待合部屋に人はいなかった。竜尾《たつお》の鍼灸《しんきゅう》療治処《りょうじしょ》には珍しいことだ。

だが、隠居で見習いの右善《うぜん》にとって、それが憩《いこ》いのひとときになるとは限らない。竜尾の差配《さはい》で薬草の仕分けをしたり薬研《やげん》を挽《ひ》いたり、さらに鍼《はり》の修練もしなくてはならない。

竜尾がいましがた左官職人の肩に打った鍼を熱湯消毒するため、右善が火鉢の五徳《ごとく》

に載《の》せる鍋《なべ》を用意しているところへ、

「おぉう、ちょうどいい。草履《ぞうり》は右善の旦那だけだぜ」

「ならばさっそく。お師匠も旦那も驚きなさるぜ」

庭から駕籠《かご》舁《か》き人足の権三《ごんざ》と助八《すけはち》の声が、縁側の明かり取りの障子《しょうじ》をとおして聞こえてきた。走って来たらしく、息せき切っている。

待合部屋も療治部屋も、縁側をとおして庭に面しており、患者は庭から上がって来る。だから障子を閉め切っていても、踏み石の上にある履物《はきもの》を見ただけで、部屋に患者がいるかどうかがわかる。

天明《てんめい》七年（一七八七）の霜月《しもつき》（十一月）に入り、晴れの日でも真冬の寒気に江戸中が包まれている。

権三と助八が療治処の冠木門《かぶきもん》を入って来たとき、かけ声が聞こえなかったのは、患者を乗せて来たのではなく、空駕籠《からかご》だったからだ。

ということは、町場で耳に入ったあの話を、わざわざ伝えに戻って来たことになる。それも、竜尾も右善も〝驚きなさる〟話のようだ。

療治部屋の中で右善と竜尾は顔を見合わせ、

「おう、聞こえてたぞ。なんの話だ」

右善が障子越しに庭へ声を投げた。

権三と助八は、竜尾の鍼灸療治処とおなじ神田明《かんだみよう》神下《じんした》の裏長屋にねぐらを置き、なかば療治処のお抱《かか》え駕籠屋のようになって患者の送り迎えをしている。それが同業への二人の自慢でもある。腕もさりながら美貌の女鍼師《はりし》として評判の療治処へ毎日出入りしているだけでなく、町場をながせば遠出もして町々のうわさを拾い、すでに隠居の身だが元北町奉行所の同心であった右善の耳役《みみやく》にもなっているのだ。ともに三十《みそ》路《じ》前後の働き盛りである。

竜尾も興味を持ったか、

「外は寒いでしょう。入りなさいな」

声をかけた。

「へい、ごめんなすって」

「よござんすかえ」

と、権三の声に助八がつづけ、二人そろって縁側に腰かけ、手拭《てぬぐい》で足のほこりを払う音が聞こえ、勢いよく障子を開けたのは、駕籠を担ぐときでも前棒《まえぼう》の権三だった。

「へへ、お客のいねえのがちょうどよござんした」

「こら、患者をお客などとは」

言いながら療治部屋に入って来たのを、右善が軽い口調で叱った。

「権《ごん》の野郎、いつもこうなんで」

駕籠でも後棒《あとぼう》の助八が恐縮するようにつづき、二人が部屋にあぐらを組むのを待って竜尾が言った。

「さっき二人とも、なにか話したそうなことを言ってましたが、またどこかの町に変わったうわさでもながれているのですか」

「そう、それ。殺し、殺しですぜ。なんとも惨《むご》い。二人一緒に匕首《あいくち》でぶすりと」

「なんだって。どこだ！」

権三が言ったのへ、定町廻《じょうまちまわ》りも隠密廻《おんみつまわ》りも経験を積んでいる右善は、いまにも飛び出しそうに腰を浮かした。

「おっと旦那、きょうじゃありやせん。幾日《いくにち》か前《めえ》のことでやして」

「なんだ。びっくりさせるな」

後棒の助八が落ち着いた口調で言ったのへ、右善は腰をもとに戻した。

だが〝殺し〟とは穏やかでない。

竜尾が鍼の整理をしていた手をとめ、

「どういうことなんですか。惨いだの匕首でぶすりだなどと物騒《ぶっそう》な」

「そう、物騒なんで。もう夕暮れ時にゃあんなとこ、行けたもんじゃねえ。まったく、いまどき珍しい追剝《おいはぎ》でさあ」

また前棒の権三が言ったのへ右善が、

「順序立てて話せ。まず場所と日時と、殺されたのがどこの誰かだ」

「それ、それでやすよ、旦那。これにはあっしも驚きやして」

後棒の助八が話しはじめた。

「日本橋《にほんばし》の手前の、室町《むろまち》の一膳飯屋で……」

「えぇえ！」

また右善である。日本橋ならさほど遠くない。そこで殺しなどがあれば、外神田の明神下なら、その日のうちに行商人などを通じて伝わって来るものだが、まったくそのような話は聞いていない。しかもそんなにぎやかな町で、箱根《はこね》の山中じゃあるまいし、追剝が出るわけがないだろう。

「まあ、旦那。おちついて聞いてくだせえ。その一膳飯屋できょう聞いたんでさあ」

「ほう。なるほど」

助八の言ったのへ右善は得心したように返し、さきをつづけよと手で示した。

町中《まちなか》のあちこちに駕籠舁き人足たちの溜《たま》り場《ば》があり、多くは裏町の一膳飯屋で、荷運び人足の馬子《まご》たちもおなじ縁台によく腰かけ、ひと休みしている。そこには江戸中のうわさ話が飛び交う。それが日本橋に近い室町となれば、かなり遠い府外の話まで伝わって来る。権三と助八はそこできょう、追剝に殺しなどという物騒な話を仕入れたようだ。それを持って内神田の大通りを外神田まで空駕籠で戻って来たのだった。

権三が、

「そこ、そこでよ。男と女が二人一緒に、駆落《かけお》ちの末の相対死《あいたいじに》か殺されたのか……」

また言いかけたのを助八が手で制し、

「日時は幾日か前《めえ》ということで、はっきりしやせんが。場所なら品川宿《しながわしゆく》を抜けた、ほれ、あの仕置場のある鈴ケ森《すずがもり》の樹間の街道でさあ。死体が発見されたのは朝方、早くに品川を発《た》った旅の人が見つけ、びっくりして引き返し、宿場役人へご注進に及んだそうで」

「なんだ、そういううわさかい」

と、右善は腰が引けた思いになった。品川宿は明らかに府外であり、奉行所の管轄外で、しかも現場は宿場の向こうである。行き倒れではなく、襲った者か襲われた者が江戸者でない限り、右善が北町奉行所の元同心として興味を失ったのは、きわめて自然なことだった。

だが、

「違うんでさあ、旦那」

それを感じ取ったか権三が喙《くち》を容《い》れ、助八がつづけた。

「死体はなんと神田鍛冶町《かじちょう》の、ほれ、あっしらが幾度もそこの旦那を送り迎えしたことがありやしょう。女は伊勢屋《いせや》のお嬢で、男はそこの番頭か手代《てだい》らしいってんでさあ。だからあっしら、これを知らせようと急ぎ戻って来たんでさあ」

「なんだって！」

「えぇえ！」

右善と竜尾は同時に声を上げ、顔を見合わせた。

助八の言ったとおり、知っているのだ。

鍛冶町といえば、日本橋から北へ神田川の筋違御門《すじかいごもん》までほぼ一直線に延びる神田の大通りに面した、室町につながる繁華な町場であり、内神田の中心地でもある。その筋違御門の橋を渡れば外神田で、竜尾の療治処がある神田明神下の湯島《ゆしま》一丁目は近い。

二月《ふたつき》ほど前になろうか。日本橋近くまで客を乗せて行った三八駕籠《さんぱちかご》が、空駕籠で神田明神下へ戻るにも伊勢屋の前を通る。鍛冶町で神田の大通りに面して商舗《みせ》を構えているのだから、大店《おおだな》であり人にも知られている。

権三と助八の駕籠は、地元の明神下界隈では三八駕籠と呼ばれ、同業たちもそう呼んで、当人たちもそれを屋号にしている。

暖簾《のれん》から商舗の小僧が飛び出て来て三八駕籠にしがみつき、

「――旦那さまを、旦那さまを、いますぐ明神下の療治処へ！」

叫ぶように言った。竜尾の療治処は地元の外神田だけでなく、内神田にも患家《かんか》があり、評判もいいのだ。外神田だけでなく内神田でも、〝明神下の療治処〟と言えば竜尾の鍼灸療治処を指す。

権三と助八は勇んで店場に飛び込んだ。旦那がうずくまって痛さを堪《こら》え、番頭や手代が背をしきりにさすっている。不自然な姿勢で箪笥《たんす》か長持《ながもち》を持ち上げようとしたのだろう。突然の痛みだったようだ。

商舗の者は、医者を呼ぶよりも、連れて行ったほうがそれだけ時間は半分ですむと判断し、そこへ三八駕籠が通りかかったのは幸運だった。権三と助八は足や腰や肩を傷《いた》めている客の運び方を心得ている、かけ声も威勢よく急いでも、駕籠はあまり揺らさないのだ。

小僧が露払《つゆはら》いのように駕籠の前を走り、駕籠から旦那がころげ落ちないように番頭がつき随《したが》った。

ぎっくり腰だった。鍼を打って痛みをやわらげ、帰りも三八駕籠だった。

初めての患家はどこでも、絞《しぼ》り袴《ばかま》に筒袖《つつそで》を着こみ、総髪《そうはつ》で還暦《かんれき》に近い右善が薬籠持《やくろうもち》についておれば、それを師匠と思い、四十路《よそじ》に近いが垂《た》らし髪をうしろで束ね、目鼻がきりりと整い、見た目には三十路《みそじ》をすこし超したくらいの竜尾を、師匠の娘か女弟子のように錯覚する。

ところが療治が始まるとその逆で、右善が竜尾を〝師匠〟と称《よ》び、代脈《だいみゃく》（助手）をつとめている。伊勢屋は右善を北町奉行所の元同心と知って大いに恐縮し、かえって右善が遠慮して、留造《とめぞう》が薬籠持につくこともあった。

完治まで一月《ひとつき》ほどかかった。そうしたことから、右善も竜尾も伊勢屋とは昵懇《じっこん》になっている。亭主は源兵衛《げんべえ》で内儀が郁《いく》といい、娘は紗枝《さえ》で、番頭は辰之助《たつのすけ》、手代は作次郎《さくじろう》といった。いずれも三八駕籠につき添《そ》って幾度か湯島一丁目の療治処に来ており、竜尾と右善はもとより、下働きの留造とお定《さだ》の老夫婦とも親しく口をきく間柄になっている。

さすがは日本橋に近い室町の溜り場か、東海道《とうかいどう》の品川宿のうわさまで入って来るのだろう。しかもそこに患家であった伊勢屋の名が出ては、権三と助八が驚かないはずはない。それも殺されたのが伊勢屋の〝お嬢〟と〝番頭か手代〟というのでは、仰《ぎょう》天《てん》せざるを得ない。ホトケは紗枝と、辰之助か作次郎のどちらかになる。

右善と竜尾が驚きの声を上げ、思わず顔を見合わせたのも無理はない。瞬時、凍《い》てついたようになった療治部屋の空気は、すぐに動いた。竜尾が言ったのだ。

「番頭さんとお手代さん、どちら。それにどうしてお紗枝さんが……？　あの娘《こ》、まだ十八よ。いい年ごろだったのに。信じられません」

「儂《わし》もだ。それでおまえたち、室町から戻ったのなら、大通りで伊勢屋の前を通ったろう。ようすは見たか」

「もちろん見やした。閉まっておりやした。雨戸に〝忌中《きちゅう》〟の張り紙が……。ひっそりとして、人の出入りはありやせんでした」

「そうなんで。だからあっしら、うわさはほんとだったんだと信じ、いっそう急いで戻って来たんでさあ」

助八が応《こた》えたのへ、権三がつないだ。

右善と竜尾はふたたび顔を見合わせた。二人ともさきほどより、深刻な表情になっている。また竜尾が言った。

「まだ信じられません。それで一緒に殺されていたのは番頭さんかお手代さんか、そう、辰之助さんか作次郎さんか、はっきりとはわからないのですか」

助八が言いにくそうに応《こた》えた。

「へえ、それがどうも。なにしろ伊勢屋といやあ、鍛冶町の大店で人にも知られ、あっしらもあそこの旦那が腰を傷めて以来、ずっと贔屓《ひいき》にしてもらってまさあ。あのお嬢のお紗枝さんと番頭か手代となりゃあ……その……駆落ちしようとして、品川まで逃げて、さらに遠くへと鈴ケ森へ入《へえ》って、性質《たち》の悪い追剝にでも襲われたんじゃねえのか、と……。いえいえ、あっしらが言ってるんじゃねえんで。そんなことをぬかす同業もおりやして」

「まさか」

なおも竜尾は、信じられないといった声を洩らしたが、右善は言った。

「師匠は信じたくなかろうが、さっきの話から儂《わし》はうわさのとおりのことを思った。朝の早い旅の者が死体を見つけたというのなら、殺されたのは夜のうちということになる。どのような殺されかただったたか、所持品はどうだったたか、そのあたりのうわさは聞かなかったか」

「へえ。あっしらの聞いたのは、さっき話したとおりで」

「なんなら、あっちこっち走って、もっと詳しいのを仕込んで来やしょうかい」

助八が応えたのへ権三がつないだ。

右善は返した。

「いや、いい。午後にまた神田の大通りに出ることがあれば、常盤橋《ときわばし》御門に行って、善之助《ぜんのすけ》にここへ来るように言っておいてくれ」

うわさとは日がたてば又聞《またぎ》きのさらに又聞きとなり、尾ひれがついて実相から離れることを、右善は同心時代の経験から知っている。

右善の古巣である北町奉行所は江戸城外濠《そとぼり》の常盤橋御門内にある。息子の善之助に嫁を迎えたのを機に右善は隠居し、なにか市井《しせい》の人々の役に立つ余生をと思い、かねて知り人であった女鍼師の竜尾に弟子入りし、神田明神下の鍼灸療治処に住みこんだのだが、〝市井の役に立つ〟のが、鍼灸よりも同心のころの延長になってしまっているようだ。周囲が放ってはおかず、また自然に市井の揉め事が舞いこんで来るのだ。

療治処の下働きの留造とお定の老夫婦も、

「――右善さんが来なすってから、なんともみょうなことばかりで、わしらまで忙しくなったわい」

と、そろって愚痴《ぐち》をこぼしている。

だが、三八駕籠の権三と助八はそれが、

「――もう、たまんねえ」

といったようすだった。

こたびの件も患家の出来事《しゅったいじ》だから、舞いこむべくして舞いこんだといえようか。

話し終わったところへ、奥の台所からお定が療治部屋に顔を出し、

「なんだか大きな声が聞こえると思ったら、権三さんに助八さんだったかね。昼の膳の用意ができたのじゃが、ちょっと待って。二人分追加ならすぐできるから」

と、また台所に入った。

そこへ患家に煎じ用の薬草を届けに行っていた留造が帰って来た。

この分なら療治処の昼餉《ひるげ》の座は、またにぎやかになりそうだ。なにやら揉め事が舞いこむたびに、権三と助八が療治処でご相伴《しょうばん》に与《あず》かることが多くなる。

だが、この日の療治処での昼餉の座は、決してにぎやかなだけにはならなかった。留造もお定も権三たちから話を聞くまで、神田鍛冶町の伊勢屋の一件は知らなかったようだ。

昼餉の膳を前に、竜尾は言った。

「この話、人から聞いても、自分がうわさの本《もと》になってはいけませんよ。まして駆落ちなどと」

「そのとおりだ」

右善が真剣な表情であとを引き取った。事件には、なにやら重大なものが潜んでいるような気がしたのだ。

二

大店《おおだな》の娘が奉公人と駆落ちの末、相対死？　それとも、殺された……。

いずれにせよ、伊勢屋は無事ではすむまい。

「ともかく町のうわさは、聞くだけ聞いておきまさあ」

と、権三と助八が午後の仕事に出かけ、留造とお定が膳のかたづけで台所に去ったとき、竜尾がふと言った。

「患家まわりの途中、のぞいてみましょうか」

午後はおもに往診にあてているが、きょうは内神田をまわる予定だった。

「ふむ。そうしよう。なにかわかるかもしれぬ」

「いえ。右善さんはここにいて、薬湯の調合と鍼の修練をしていてくださいな。留造さんを連れて行きますから。伊勢屋さんはきっと右善さんが来ると、元同心ということで、なにか隠したいことがあれば、かえって口を閉ざすかもしれません。それに善之助さまが、いつお見えになるかわからないじゃありませぬか」

療治処にあっては、事件に関わることでも、やはり差配は師匠の竜尾が振るっている。それにふさわしく、竜尾の話し方がはきはきとしており、差配にもあいまいなところがないのだ。

「ふむ。そうするか」

理はある。右善が竜尾の薬籠持で伊勢屋に行ったとき、あるじの源兵衛も内儀の郁《いく》も奉公人たちも、右善を〝児島《こじま》さま〟と称《よ》んでいるのだ。薬籠持などではなく、奉行所の旦那の感覚である。


冬場、陽が照って風のないときなど、療治処の庭に面した縁側はちょうどよい陽だまりになる。そこで薬草学の書物を見ながら薬研を挽いている総髪の右善の姿は、まさしく老医者である。

右善は書見台《しょけんだい》と薬研を縁側に持ち出した。薬草に関しては、すでに竜尾が問うほど博学になっている。

だが鍼の実技は……。

右善が書見台と薬研を横に押しやり、筒袖の左腕をまくり、右手に鍼を持ったときだった。ちょうど近くへ買い物に出ていたお定が、半閉じにしていた冠木門を入って来た。

「ああ、ちょうどよかった」

右善は声をかけ、玄関口へ向かうお定を手招きしようとした。

お定は右善の手許《てもと》を見ると、

「ちょいと台所のほうへ」

と、さっさと玄関に入り、奥へ引きこもってしまった。

右善がもし薬研を挽いているときだったら、呼ばれなくても庭から縁側にちょいと腰をかけ、外で伊勢屋のうわさを聞いても聞かなくても、日向《ひなた》ぼっこがてら、その話をしていただろう。

お定が帰って来てからすぐだった。陽はすでに西の空にかたむきかけている。

「おう、旦那。ここにおいででしたかい。行って来やしたぜ、常盤橋《ときわばし》」

「午《ひる》、ここを出るとすぐ内神田へのお客にありつけやしてねえ」

と、権三と助八が空駕籠を縁側の前につけた。

「ほう、それはご苦労。で?」

「手が空きしだい、すぐ来る、と」

「伊勢屋の話はしておりやせんが」

「おう、そうか。まあ、ここへ座ってお茶でも飲んで行け」

右善が言うと、駕籠の担ぎ棒にもたれるように立っていた二人の目が右善の手許に向けられた。

「あ、お客にすぐ来るよう頼まれてんでさあ」

「そう、そういうことで」

二人は素早く担ぎ棒に入り、

「へいっほ」

「えっほ」

逃げるように半開きの冠木門を出て行った。

右善の指先に、鍼がつままれていたのだ。

「もう、みんな、しょうがねえなあ」

右善は苦笑した。お定も権三も助八も、右善の鍼の稽古代《けいこだい》にされるのを恐れたのだ。

竜尾がそばにいて細かに指南するのならまだしも、右善が一人のときはまだ危険なことを、留造も含めお定、権三、助八たちは経験から知っている。ともかく痛いのだ。

その被害は善之助たちにも及んでいる。

「仕方ないなあ」

右善はまた一人つぶやき、ふたたび右手の指にはさんだ鍼の先を左腕にあてた。力を入れ、思わず声を上げた。

「痛《いて》っ」

まだ的確な経穴《つぼ》の箇所と、力の加減が呑みこめないのだ。

「あれれ。権三さんか助八さんの声かと思ったら、またご自分で」

と、お定が三人分の湯飲みを盆に載せ、奥から出て来た。二人がもういないのを見ると危険を感じ、

「あたしも奥に」

と、そのまま台所へ戻ろうとしたところへ、

「おう、来たか」

右善が冠木門に声をかけた。息子の児島善之助が来たのだ。小銀杏《こいちょう》の髷《まげ》で地味な柄《がら》の着ながしに黒羽織の、大小の二本も落とし差しで、いかにも八丁堀《はっちょうぼり》の旦那とわかるいで立ちである。

右善が竜尾の鍼灸療治処に弟子入りしたとき、町内の住人が固くならないように気を遣《つか》い、外には元同心の身分を隠し、善之助にも訪ねてこないように言っていた。だ

が自然とわかるものである。わかれば右善の性格や立ち居振る舞いから町内の住人は固くなるどころか、

「――町の用心棒だ」

と、かえって喜んだ。右善の剣術の腕から実際そうなっていたのだ。

それからである。善之助は難解な事件に出会うたびに、八丁堀姿のまま療治処に右善を訪ねていた。竜尾は初めて善之助を見たとき、くだけた性格の右善とまったく違って、生真面目《きまじめ》な堅物《かたぶつ》なのに目を丸くしたものだった。

藤次《とうじ》が一緒だった。ずっと以前から右善についていた岡っ引で、定町廻りも隠密廻りの岡っ引も経験した手練《てだれ》者である。右善が隠居したのを潮時に、自分ものんびり暮らしたいと引退を願い出たのだが、

「――せがれの面倒もみてやってくれ」

と、右善に引きとめられ、善之助の岡っ引になったのだった。

「あらら。善之助さまに藤次さん、ちょうどよかった。さあ、お茶の用意ができておりますから」

と、お定は盆を縁側に置くと、こんどは逃げるのではなく、気を利かせて奥に下がった。鈴ケ森の話で来たと思ったのだ。そのとおりである。

「いつもの駕籠屋が奉行所に来ましたが、もしや品川の殺しの件では」

善之助が言いながら縁側に腰をかけ、藤次は立ったまま、

「あっしも大旦那からお呼びがかかったと聞いたとき、とっさにそれを思いやしたよ。なにしろこたびの犠牲者は、内神田のお人でやしたからねえ」

得心する口調で言った。藤次は右善を大旦那、善之助を旦那と称《よ》び、先代と当代を呼び分けている。

「ほう。おまえたち、知っておったか」

「知っておったかじゃありやせんぜ。現場は府外でも、殺されたのは府内の住人ですぜ。しかも内神田は鍛冶町の伊勢屋の娘と番頭ときてまさあ」

「ほう。手代じゃのうて、番頭の辰之助だったか」

「えっ、父上もかなり詳しく……」

と、三人は縁側談義になった。

「詳しくはねえが」

と、右善は権三と助八の語った内容を披露した。

「それはようございました」

と、善之助が言ったのへ右善は、

「なにが」

怪訝《けげん》な顔になった。

善之助はその疑念に応じた。駕籠舁き仲間の話では、場所と伊勢屋とそこの娘というのは合っているが、日時も相方《あいかた》が番頭か手代かも定《さだ》かでなく、殺しか相対死かもはっきりしない点に、善之助は安堵したのである。藤次もかたわらで、善之助が〝ようございました〟と言ったとき、うなずきを入れていた。

事件は江戸の町奉行所が係り合うものではないが、藤次が言ったように死人が神田鍛冶町の住人であることから放ってはおけず、独自に伊勢屋に聞き込みを入れ、品川宿の問屋場《といやば》にも問い合わせていた。もちろん聞き込みは藤次の役目だった。

三日前の出来事だったという。身許は、品川宿の番所で二人の所持品からすぐにわかったらしい。大店《おおだな》の娘とその店《たな》の奉公人となれば、誰もが想像するのは、駆落ちの末の死である。

それは主人の娘の拐《かどわ》かしに匹敵《ひってき》し、辰之助の罪は大きい。しかも見つかったのは二人の死体である。相対死はご法度《はっと》であり、片方が生き残っておればその者は死罪。双方が死にそこねたなら、二人とも日本橋南詰の高札場《こうさつば》に三日間の晒《さら》しになり、あとは人別帳から抹殺され、まともに生きられなくなる。双方が首尾よく死んだとしても、死体は親元に返されず、身ぐるみ剝《は》がされやはり日本橋南詰に三日間の晒しとなり、あとは品川鈴ケ森の刑場に捨ておかれ、親族が引き取ることは許されない。この仕置に、日本橋に近い鍛冶町の伊勢屋が耐えられるか。

藤次が伊勢屋とその近辺に聞き込みを入れたのは、品川からの第一報が伊勢屋に飛びこんだ日の午《ひる》ごろだった。

「どこからどう伝わったのか、すでに娘の紗枝と番頭の辰之助が、他所《よそ》で死んだとのうわさは近辺にながれておりやした」

藤次が縁先に立ったまま言い、

「伊勢屋はきっぱりと駆落ちを否定しやして……」

と、伊勢屋のようすを語りかけたところへ、

「あらら。これは善之助さまに藤次さんまで」

と、竜尾と留造が往診から帰って来た。冠木門を入る二人は、夕刻の長い影を庭に引いている。竜尾はきょう、伊勢屋に行ったはずである。藤次よりも新たな話を持ち帰ったかもしれない。

「そろそろ縁側も寒くなりましょう。さあ、中へお入りくださいな」

と、座は屋内の居間に移った。

三

この顔ぶれのときは上座も下座もないが、自然に端座《たんざ》の竜尾を中心にそれぞれが向かい合うように三人はあぐらを組んだ。そのほうが互いに話しやすい。

お定が淹《い》れなおしたお茶を部屋に運んで来て、鍼の稽古代にされる心配はもうないがすぐに退散した。

右善が善之助と藤次に、竜尾がきょう伊勢屋をのぞいて来たことを話し、竜尾には善之助と藤次がすでにこの件に手を入れたことを説明した。

「ほうほう」

「まあ、それは」

と、新たな話が聞けそうなことに、互いに顔を見つめ合った。

藤次がさきほど話しかけたつづきを語った。

「そりゃあ伊勢屋にすりゃあ、娘と番頭が駆落ちで命を絶ったのなら重大問題でさあ。否定するのはわかりやすいが、近所の話じゃ、伊勢屋ではいずれか同業の若旦那を婿《むこ》に入れる話が進んでいたらしいんでさあ。それに、紗枝と辰之助が外で一緒にいるのを見たという住人もいやした。芝《しば》の増上寺《ぞうじょうじ》の境内《けいだい》だったらしいですが。もっともそれが逢引《あいびき》だったのか、単にお参りのつき添いだったのかはわかりやせんがね」

「えぇえ！　ならばあの話」

「ふむ」

竜尾が思わず声を上げ、右善がうなずいた。

伊勢屋源兵衛がまだ療治に通っていたときである。迎えに行ったのは三八駕籠で、つき添いは娘の紗枝だった。紗枝が待合部屋で待ち、源兵衛は療治部屋で腰に鍼を受けていた。こうしたとき、源兵衛に限らずさまざまな世間話がそこに交わされる。右善も横で薬研を挽いていた。話は家具の商いから自然に伊勢屋の将来に移った。源兵衛は言った。

「——あれにも、いい婿《むこ》を迎え、早《はよ》う安心したいものですよ」

「——商家でも職人さんの親方でも、実子に継がせるよりも、入り婿のほうが繁盛するとよく聞きますねえ」

と、竜尾は返した。実際そうした例は多い。療治部屋と待合部屋は、板戸一枚で仕切られているだけである。話は紗枝にも聞こえている。

竜尾が声を上げ右善がうなずいたのは、そのときのようすに対してだった。源兵衛は〝もうそろそろ〟と言って、満足そうな表情になっていたのだ。そのときの紗枝の表情は、二人とも見ていない。ただ、待っていた三八駕籠で帰るとき、縁側まで見送りに出た竜尾に紗枝は庭先から無言のまま辞儀をした。

そのあと竜尾と右善は、

「――紗枝さん、婿取りを望んでいないのかしら」

「――そういう顔つきだったなあ」

などと話し合ったものだった。

いま藤次の言葉で、右善と竜尾の脳裡《のうり》にそのときのことが同時によぎったのだ。確かに源兵衛は〝あれにも、いい婿を迎え〟と言ったとき、満足そうな表情だったが、紗枝は、

(そうではなかった)

いまさらながらに思えてくるのだ。

藤次はつづけた。

「どうやらそのあたりに、こたびの鍵がありそうでやして……」

と、目串《めぐし》を刺し、さらにつづけた。

「三日前《めえ》の朝、品川の問屋場から遣《つか》いの者が伊勢屋に飛びこんだそうでやすが、その

めえの日の夕刻から、伊勢屋では娘の紗枝と番頭の辰之助がいなくなったとちょっとした騒ぎになり、旦那の源兵衛と女房のお郁が騒ぎを懸命に抑《おさ》え、心あたりへ奉公人たちを走らせたそうで」

「結果は？」

すでにわかっている。だが、竜尾は問わずにいられなかった。

「伊勢屋は夜中まで人の出入りがあったそうで。そこへ夜が明けると品川からの第一報でさあ」

なるほど、うわさはすぐ近所に洩れるはずである。

このあとを善之助が引き取って話した。

源兵衛は遣いの者と品川に走ったという。

安堵といえば語弊《ごへい》があろうが、源兵衛はひと息ついたことだろう。遺体はすでに問屋場の裏手の番屋に収容され、宿場役人の説明では、所持金は奪われたのであろう、巾着《きんちゃく》も紙入れもなかった。これがさいわいした。二人とも鋭利な刃物で数カ所も刺されており、

「――とても向かい合って、心ノ臓を同時に刺したとは思えぬ。着衣に抗《あらが》ったあともあれば、日暮れてから鈴ケ森を抜けようとして物盗りに出遭ったとしか思えぬ。凶器

も現場にはなかったゆえ」

と、それが品川宿の見立てで、源兵衛も、

「――はい、品川宿の先の鮫洲村《さめずむら》に、伊勢屋《うち》で扱う箪笥《たんす》や長持《ながもち》を作らせている職人の棟梁《とうりょう》がおりまして、そこの娘とうちの娘は仲良しでございました。番頭の辰之助をきのう用事があってそこへ遣《や》ろうとすると、娘も一緒に行きたいといい、準備に時間がかかって出立《しゅったつ》が遅れてしまい、鈴ケ森に差しかかったときには、もう日暮れていたのでございましょう」

と、証言した。

伊勢屋と取引がある家具職人の棟梁が鮫洲村にいるのは事実であり、鮫洲村は品川から鈴ケ森を抜けてすぐのところにある。話に信憑性《しんぴょうせい》があり、現場の状況とともに相対死を疑う余地などまったくなかった。品川宿の番所もそれを控帳《ひかえちょう》に記《しる》し、そのまま正式なお留書《とどめがき》となったのだ。

その日のうちに内儀の郁も品川に走り、鮫洲村の棟梁も駈けつけ品川のお寺で葬儀をすませ、火葬にして翌日二人の遺骨は神田鍛冶町に戻って来た。

この間の源兵衛の判断と行動と処置は迅速だった。

善之助は感心するように言った。

「それが諸人《もろびと》によからぬ興味を持たせ、猟奇的《りょうきてき》なうわさになるのを防いだものと思われます」

「ふむ。そのようだなあ」

右善もうなずきを入れた。

だから権三と助八が室町の駕籠舁き仲間の溜り場で耳にしたうわさは、興味本位の相対死などにならず、かえってあいまいなものになっていたのであろう。二人がそれを療治処に知らせようと神田の大通りで伊勢屋の前を通ったとき、商舗が忌中の札だけでひっそりとしていたのは、すべての処置を終えたあとだったのであろう。衆目《しゅうもく》を集めることもなく、野次馬が押し寄せることもなかったのだ。

それらを聞き終え、竜尾が口を開いた。

「それで納得がいきました。わたしが行ったとき、源兵衛さんもお郁さんもそろっておいでで、遺骨に焼香させていただきました。源兵衛さんもお郁さんも、町場にながれているうわさを、しきりに気にしておいででした。〝駆落ち〟という言葉を避けながらも、それが町場でささやかれていないかと。ただ、話しているあいだ、源兵衛さんはなにやら思い切り叫びたい気持ちを懸命に抑えておいでのようで、お郁さんは膝に乗せた両手が、小刻みに震えておいででした。ただわたしは、科人《とがにん》が早く捕まるように祈っております、とだけしか言えませんでした」

　その言葉は伊勢屋にとって、きわめて重要なものだった。〃科人が早く捕まるように〃とは、二人が相対死などではなく、延《ひ》いては駆落ちなどでもないことを前提とした言葉なのだ。

　右善が一段落つけるように言った。

「よし、わかった。こたびの殺しは、伊勢屋が品川の番所で言ったとおりのものとしておこう。この件で伊勢屋のまわりに聞き込みを入れるような粋狂《すいきょう》な者は、おめえらのほかにはいめえよ。権三と助八にも儂《わし》からそのように話しておこう。藤次も伊勢屋の近辺で聞き込んだことは、単なるうわさとしておけ」

「へえ、かしこまりやした。そのように」

　と、藤次は返し、これには善之助も竜尾も異存はなかった。

　さらに右善は、善之助に視線を向けた。

「品川の宿場役人たちは、一応の探索はしているだろうが、道中での殺しなど二度三度と立てつづけに起こらねえと手掛かりは得られねえものだ。結局は適当なところで打ち切りとなるだろう」

「おそらく」

善之助はうなずいた。これにも藤次と竜尾は喙《くち》を容《い》れなかった。

右善の言葉はつづいた。

「善之助。おまえがわざわざ品川に問い合わせたのは、伊勢屋が府内のお店《たな》であるからといっただけではあるまい。ほかに理由《わけ》があれば言ってみろ」

「はい、あります」

「そのとおりで」

善之助が明瞭な口調で応え、藤次がうなずきを入れ、

「えっ」

と、竜尾も視線を善之助に向けた。

「お師匠、夕餉はどうなさる。お二人ともこちらかね」

「ああ、そうしてくれ」

ふすまの向こうからお定の声が聞こえ、右善が自分の家のように返し、

「つづけろ」

善之助につづきをうながした。

「はい。実は似たような殺しが、この半年に二度ほどあり、こたびの鈴ケ森で三度目なのです」

「なんだって！」

「えぇえ？」

　右善と竜尾は同時に声を上げた。

　紗枝と辰之助の死の背景に、

（まさか、なにやら策謀めいたものが……）

　二人の脳裡に走ったのだ。

　もちろん善之助と藤次はそれを感じたからこそ、品川宿の問屋場にようすを問合せ、伊勢屋の周辺に聞き込みを入れたのだ。

　留造が部屋に火の入った行灯《あんどん》を運んで来た。陽はすでに落ち、まだ暗くはなかったが部屋の中は灯りの欲しいころあいになっていた。

「膳はどうしやす。もう運べやすが」

「もうすこし待て。すぐ終わるから」

　留造が言ったのへまた右善が応え、

「詳しく話せ」

　と、話はもとに戻った。

　善之助は話した。

「一つは半年前でした。深川《ふかがわ》の太物屋《ふとものや》で、あるじの若い後妻とそこで品を仕入れて行商していた男が突然姿を消し、翌日、奥州《おうしゅう》街道の千住宿《せんじゅしゅく》を出たところで死体となって発見されました。二つ目は三月《みつき》前で、甲州《こうしゅう》街道の内藤新宿《ないとうしんじゅく》を出たところで男女の死体が発見され、宿場役人が身許を調べると四ツ谷《よつや》の大工の棟梁のおかみさんと、そこに住込んでいた弟子の若い大工でした」

「どういうことですか」

竜尾が問いを入れた。

「深川も四ツ谷も、仕事上の遠出の先での事故死として北町奉行所に届けが出され、現場が府外だったもので、奉行所は届けを受け付けただけでした」

「ふむ。どちらも駆落ちなどとうわさされぬよう、早々に手を打ったのだな。伊勢屋と似ておる。それで、実態はどうだったのだ」

右善の問いに善之助は応えた。

「わかりませぬ。ただ、死体は金品を奪われており、品川とおなじで鋭利な刃物での刺し傷が数カ所あって、覚悟の相対死の状態ではなかったそうです。それだけではありません。どちらも東海道の品川とおなじ江戸から最初の宿場を出た林道《はやしみち》で、それも発見されたのが早朝ということでした。これは推測ですが、府内を発ったのが遅く、最初の宿場についたときはすでに暗くなっていて、すこしでもさきを急ごうとしてつぎの宿場を目指し、それで難に遭った……と」

「ふむ。駆落ちなら考えられることだな」

「千住も内藤新宿も、宿場役人は詳しく探索しなかったのか」

「それは父上もご存じのように、宿場にすれば殺されたのはよそ者で、殺したのもよそ者なら、ただ迷惑な話だけで……」

「あはは。おっと、ここは笑っちゃいけねえ。まったくそのとおりだ。つまりだ、殺《や》りやがったやつは、そうした宿場町の思惑を知っているってことになるなあ。以前にもあったぜ。駆落ちしそうなのやお店《たな》の金を持ち逃げしそうなのを、器用に見つけては金を取って手引きをし、江戸を出たところで殺しの盗賊に豹変《ひょうへん》するってのがなあ。つまり、逃がし屋さ。ふざけおって。許せねえやつらよ」

実際に右善は悔しそうな表情になった。

「まあ、恐ろしい」

竜尾が身をぶるると震わせ、問いを入れた。緊張を帯びた口調になっている。

「それなら善之助さまは、伊勢屋さんの件も、千住と内藤新宿の二件とおなじ事件のにおいがすると……？」

藤次が応えた。

「へへ、そうなんでさあ。ですからこの療治処からお呼びがかかったと聞いたときにゃ、てっきり大旦那がそこまで考えなすって、それでお声をかけてくださったものと思いやしたぜ」

「いや、そうじゃねえ。権三と助八の話じゃ、鈴ケ森の死体が伊勢屋の娘で、相方が番頭か手代かわからず、相対死か賊に殺されたのかもはっきりせず、おまえたちならなにかつかんでいるのではないかと思うたまでだ。ところが話を聞けば、ますます複雑になって来たぞ。千住と内藤新宿の件、儂は知らなかった。うーむ、この話、盗賊にすりゃあ、うまく出来すぎているからなあ」

右善は腕を組んだ。

「どうなさいます」

善之助に問われ、

「うーむ。これを探れば、せっかく伊勢屋の旦那が奔走しうまく処理したのを、逆にひっくり返すことにもなりかねないからなあ。それは伊勢屋のためにもならねえ」

「そのとおりでしょうが、殺《あや》められたのは伊勢屋さんの紗枝さんと辰之助さんです。二人がどうであろうと、人を殺めるなど許されませぬ」

と、竜尾はうながすように右善に視線を向けた。

「うーむ」

右善はまたうなった。この種の事件の探索はきわめて困難であり、聞き込みを入れるにも被害者の家の合力《ごうりき》が得られるとは限らず、逆の場合もあることを、定町廻りも隠密廻りも経験してきた右善は、痛いほどわかっているのだ。

善之助も奉行所から糾明せよと下知《げじ》を受けているようすはなく、どうすべきか迷っているようだ。右善は言う以外になかった。

「ともかくだ、善之助も藤次も、この件に関して、またなにか判ったことがあれば知らせてくれ」

「むろん」

「がってんでさあ」

二人は返したが、煮え切らない右善に不満そうだった。

ちょうどいい具合に、またふすまの向こうから声がかかった。

「もう、みそ汁が冷めてしまいますよう」

お定だ。

外はすっかり暗くなっていた。

ようやく療治処での夕餉が始まった。

二人が留造から提灯を借り帰ったあと、竜尾は言った。

「どうされます。紗枝さんと辰之助さんがいかにあろうと、二人を殺した者を許すことはできませぬ」

「そりゃあそうだが」

と、やはり右善は煮え切らない返答しかできなかった。

竜尾と留造、お定は母屋で寝起きしているが、右善は母屋の裏手で物置だったのを離れのように改装した部屋に寝泊まりしている。その離れの部屋に帰り、一人になってから右善はつぶやいた。

「許せぬ。したが、源兵衛の処置をくつがえしてはならねえ」

自分に言い聞かせる言葉だった。

四

翌朝、右善は離れの部屋でいつものように日の出とともに目を覚ました。だがいつもと違って目覚めが悪かった。きのう聞いた伊勢屋の一件である。

（よし、聞いたからには捨ておかんぞ）

と、いつものように心身ともに充実させることができないのだ。千住と内藤新宿と品川の鈴ケ森……。聞けば誰が考えてもつながりがあるのは明白だ。しかも鈴ケ森で殺されたのは、右善もよく知っている二人ではないか。

（捨ておけない）

だが、療治処で鍼師の見習いをしながら手を染められる事件ではない。ただ〝捨ておけぬ〟と、気ばかりが逸《はや》るのみで、実際にはなにもできない。

蒲団をはねのけ、寒気に身を包まれ、ふと思った。

（しまった。きのう善之助に言い忘れた）

色川矢一郎《いろかわやいちろう》に〝来い〟と言《こと》づけることである。色川は隠密廻り同心で、右善が隠居するまで、腕利きの直属の後輩だったのだ。

その色川に〝来い〟と言づけたかったのは、やはり〝捨ておけない〟との思いがあるからに他ならなかった。

離れの部屋を出て、

「お、寒い」

白い息とともに両腕で肩をかき寄せ、裏手の井戸で水を汲み顔にバシャリとあて、

「よし」

と、気を引き締めたのは、伊勢屋の件が念頭にあるからだった。だが、どこからどう手をつけるか、具体的なことになると、念頭に浮かぶものはなかった。

裏手の井戸で釣瓶《つるべ》に音を立てるのは、留造とお定が最初で、つぎに竜尾が出て来て最後が右善というのが、療治処のいつもの朝である。右善が水音を立てるころ、台所から味噌汁の香ばしいにおいが漂ってくる。

朝の早い年寄りが冠木門を入って来るのは、このあとしばらくしてからだが、そのときにはもう右善も竜尾も療治部屋に入り、煎じ薬などすぐに用意できるように整えている。

冬場のことで閉め切った明かり取りの障子越しに、威勢のいいかけ声が聞こえて来た。権三と助八である。足腰の弱くなった年寄りの患者や、若くても足の骨を折ったり捻挫《ねんざ》した患者などを送り迎えするのは三八駕籠である。

「おう、来たな」

と、三八駕籠のかけ声が聞こえると朝日の射す縁側に出て、患者を駕籠から縁側に上げ、待合部屋にいざなうのも右善の仕事である。町の者は右善が元同心であることを知っているため、からだを支えられ、

「ありがたいことじゃ。旦那に手伝《てつど》うてもろて」

「へい、へい。おそれ入りますじゃ」

などと、恐縮の態《てい》になるのもまた毎度のことである。

きょうの一番乗りは腰痛の婆さんだった。

右善は手を引くよりも、

「さあ」

と、駕籠からからだを抱き上げ、

「旦那ア、ありがたいよう」

「なあに。儂《わし》は、奉行所からは隠居しても、療治の仕事はまだ見習いじゃでなあ」

と、しきりに恐縮するのを待合部屋に運び、ふたたび縁側に出て、

「どうだ。きのうの話、なにか新しいことは聞かなかったか」

言いながら座りこんだ。

権三も助八も、担ぎ棒に手をかけ立っている。

前棒の権三があきれたように言った。

「旦那、冗談言っちゃいけやせんぜ。きのうのきょうじゃござんせんかい」

「そうでさあ。夕刻近くにまた来まさあ」

後棒の助八が引き取った。三八駕籠は、午前中はほぼ療治処の仕事で埋まり、午後になってから日本橋や両国橋《りょうごくばし》、芝《しば》や小石川《こいしかわ》のほうへと遠出をする。もちろんどこに行くかは、拾ったお客次第である。

右善はそれを忘れて声をかけたわけではない。

「そのときにだ、きのうは聞くだけにせよと言ったが、あのあとおまえたちが知らせてくれたおかげで、善之助と藤次がここへ来てのう」

「えっ、藤次の親分も」

「さようですかい。そりゃあ役に立ててよござんした」

と、権三と助八は療治処の仕事で竜尾に喜ばれるのもさりながら、元同心である右善の役に立っていることも、

「――へへん。俺たちゃあ、右善の旦那の御用聞きもやってるんだぜ」

と、地元の明神下界隈で自慢にしている。

「その二人の話じゃなあ、伊勢屋じゃ親戚づきあいのような家具造りが鮫洲にいて、そこへ番頭の辰之助が所用で行くことになってなあ」

「あ、鮫洲なら知ってまさあ。品川から鈴ケ森をちょいと抜けたところで」

と、権三。

「そうだ。そこに紗枝さんもついて行ったらしいのだ。ところが紗枝さんの足が遅かったか、品川で陽が落ちてしまい、ともかくきょう中にと急いだらしいのだ」

「わかりまさあ。鮫洲なら品川に入りゃあ、あとすこしでやすからねえ」

と、助八。

権三がまた言った。

「そりゃあそうするでがしょ。お嬢の紗枝さんと番頭の辰之助さんが一緒に旅籠に泊まったんじゃ、みょうなことになっちまいやすからねえ」

「それもあったのだろう。二人はすぐそこだからと品川の宿《しゅく》を素通りしたのが、逆に不運を招いてしまったというわけらしいのだ。宿場の役人も物盗りの仕業と見立て、しきりに気の毒がっていたそうじゃ」

「そういうことだったのですかい。誰でえ、駆落ちだの相対死などとぬかしやがったのは。あっしらからちゃんと言っておいてやりまさあ」

「そうともよ。そうじゃねえと、死んだ紗枝さんと辰之助さんが浮かばれねえや」

権三と助八は口をそろえた。右善が言いたかったのはそれだった。竜尾も療治部屋でうなずいていた。

「よし、そうと決まれば相棒、行こうぜ」

「こら、権《ごん》よ。まだ療治処《ここ》の仕事があるだろよ」

担ぎ棒に肩を入れようとした権三に助八が言い、

「つぎは須田町《すだちょう》のご隠居でしょ」

療治部屋から竜尾が声をかけ、

「あ、そうでやした」

権三はあらためて担ぎ棒に肩を入れなおし、助八も、

「あらよっ」

と、つづき、三八駕籠は冠木門を出て行った。

右善が語った話は、午後にも室町の駕籠屋の溜り場で話され、内神田一帯に拡散され、療治処でもそれが話され、外神田に広まるだろう。

なかには療治部屋で背中に灸を受けながら、

「あちちちっ。殺《や》りやがったのは、あちっ、どんなやつなんでえ。旦那、いいんですかい。こんなとこで艾《もぐさ》なんざ丸めてねえで、捕まえてやってくんなせえっ、あちち」

言う者もいた。いつも来る大工の棟梁である。

「あはは。もっと大きな灸《の》を据えてやろうか」

などと、右善は話をはぐらかす以外なかった。だが胸中では、

(仇《あだ》は取ってやるぜ。新宿も板橋も品川も、おなじ手だってことは判っているぜ)

善之助と藤次の鑑定だが、右善もそれに違いないと思っている。そのあたりに、かすかにではあるが、

(科人《とがにん》に近づく糸口がある)

と、右善は踏んでいる。

「あちちちっ。旦那、ほんとに大きいの、据えやがったな」

棟梁がはね起きんばかりに声を上げた。

五

その日の夕刻近くである。陽が沈むにはまだ間がある。

権三と助八が空駕籠で帰って来た。いい客にありついたか、きょうの仕事はもう終わりのようだ。

竜尾も往診が早く終わり、療治部屋で胃ノ腑の強い痛みを訴える急患を診ていた。すぐ近くの旅籠の番頭で、この旅籠には泊り客の急病などでときおり駈けつけることがあるが、番頭を診るのは初めてだった。つき添って来た手代は、

「外まわりかと思えばいてくださり、助かりました。ありがたいです」

と、しきりに感謝していた。

右善はその横で、胃痛をやわらげる煎じ薬を調合していた。それを終えたところへ庭から軽そうなかけ声が聞こえ、

「おや、お師匠。こちらでお仕事でしたかい」

「だったら旦那も一緒だ。帰りを待たなくてすまあ」

言いながら権三と助八は、駕籠尻《かごじり》を地に着けた。明かり取りの障子が閉まっていても、踏み石の履物を見れば、療治部屋や待合部屋に人がいるかどうかがわかる。

「おう、帰《けえ》って来たか」

右善は庭からの声に腰を上げ、縁側に出てうしろ手で障子を閉め、

「まあ、座れ」

あぐらを組みながら二人に座るよう手で示し、

「どうだ。けさの話のつづきだ。なにか新しいのを仕入れたかい」

右善は伊勢屋のためにも死んだ二人のためにも、けさがた話した、決して駆落ちでも相対死でもなく、あくまで不運にも賊に襲われたとの話が出まわることを願うと同時に、賊に関するどんな些細《ささい》なうわさでもよいから、二人が拾って来ることを期待し

ている。そうしたなかに、重大な糸口が見つかることはよくあるのだ。

権三が縁側に腰を下ろしながら言った。

「なに言ってんですかい、旦那。聞くよりもけさの話をすりゃあ、みんな、なるほど、なるほどってね。おかげであっしら、大威張りでさあ」

「さようで。どこの溜り場に行っても、品川まで行って聞いて来たのかいってね」

助八もつづいて腰を下ろした。きょうも縁側は陽当りがよく、風もなく寒さをあまり感じない。

駕籠舁き仲間のあいだで、権三と助八が話題の中心になるのは、数日つづくことであろう。その発祥の地が、伊勢屋のある神田鍛冶町に近い室町の溜り場とあっては、効果にも信憑性にも期待が寄せられる。

「ほう、そうか」

右善はうなずいたが、逆に賊に関わるうわさは、当面期待できないかもしれない。

だが、権三が言った。

声は当然、障子一枚で仕切られた療治部屋にも聞こえている。

「それにまた、物騒な話を聞きやしたぜ」

「なんでしたら旦那、また助太刀《すけだち》されやすかい」

と、助八がつないだ。

「助太刀？　なんのことだ。新たな殺しでもなさそうな」

右善が興味を示したところへ、

「きょうは権三さんと助八さん、お早いお帰りだねえ」

と、お定が盆に三人分のお茶を用意し、奥から出て来た。

「おう、お定さん、いつもすまねえ。仕事を終えて飲む一杯《いっぺえ》、うめえぜ」

「ああ、熱いから気をつけて飲みなよ」

権三が言いながら湯飲みを手にし、お定は言うと早々に退散した。

「ああ、ほんとにうめえ」

と、助八もつづき、右善もひと口湿らせ、

「で、物騒なとか、助太刀とか、なんのことだ」

催促した。

いままで療養についての話をしながら、鍼《はり》を打っていた療治部屋が静かになっている。もったいぶった権三と助八の言いように、竜尾も興味を持ち聞き耳を立てて、鍼を打っているのだろう。

権三が言った。

「敵討《かたきう》ちでさあ」

「痛《いた》っ」

「あ、ご免なさい。縁側で不意に敵討ちなんて言うものですから、つい力が入って」

旅籠の番頭が思わず上げた声に、竜尾の声がつづいた。

権三はつづけた。

「あっしらが直接聞いたんじゃねえんですがね。もう二十年も諸国を嗅ぎまわり、数年前《めえ》に江戸へ出て来たそうでさあ」

「どこから」

「薩摩《さつま》から、なんとも遠いところで。敵討ちといやあ、ほれ、今年の夏の終わりでやしたから、ついこのめえですぜ。旦那とお師匠が武家娘に助《す》っ人《と》をし、見事本懐を遂げさせたじゃねえですかい」

「ああ、お菊《きく》さんのことか。上州安中藩《じょうしゅうあんなかはん》から出て来た娘だったなあ」

「そう、それでさあ。それがあるもんでやすから、その薩摩のお人から聞いたって同業が、あっしらに心当たりはねえかと訊くんでさあ。それが敵《かたき》はどんなやつか、はっきりしねえんでさあ」

「ほう、どんな具合に」

右善の問いを、助八が引き取って応えた。

「敵《かたき》は医者の形《なり》をしているかもしれねえとか、四十がらみの女が一緒かもしれねえとか。その女を目印に找《さが》しているとか。女は医者かもしれねえとか。なんだか医者に化けた夫婦者みてえでよ。四十がらみの女医者といやあ、憚《はばか》りながら、ここのお師匠もそうでさあ」

「夫婦者というのが当たらんぞ。儂は隠居だでのう」

「あははは、用心棒みてえな旦那を、誰がそんなふうに見やすかい」

「あはは、違《ちげ》えねえ」

と、これには権三も笑った。

「どんな人なんですか、そんなあいまいな敵《かたき》を追っているのは」

鍼療治が一段落ついたか、言いながら竜尾が障子を開け、なかば笑顔で縁側に出て来た。そのときの表情が、

（ん？　ぎこちない）

右善には思えた。

療治部屋の中では、旅籠の番頭がすっきりした表情で、さきほど右善が調合した薬湯を飲んでいた。

竜尾が出て来たのへ助八は恐縮したように、

「こりゃあどうも、聞こえてやしたかい」

鉢巻《はちまき》を締めた頭をかき、

「ともかく、いまお師匠も言いなすったように、話があいまいなんでさあ。まあ、そういうことで。あ、いけねえ。お天道《てんとう》さまがあんなに低くなってらあ。早う湯に行かねえと、残り湯になっちまわあ」

「おっ、ほんとだ。行こうぜ」

と、権三と助八は西の空に目をやり、同時に腰を上げ慌ててというより逃げるように空駕籠を担ぎ、冠木門を出て行った。

湯屋《ゆうや》は陽が落ちてから新たに薪《まき》をくべるのはご法度《はっと》になっており、それ以降の湯はぬるくなるばかりの残り湯になって江戸っ子の気風《きっぷ》に合わない。

右善は二人の背を見送りながら、

「あはは。伊勢屋の敵《かたき》を討ってやりたいところへ、また新手の敵討ちの話とは、こりゃあ奇遇かのう」

言いながら、竜尾ともども療治部屋に戻った。

当面の痛みが消え、薬湯も飲み干した番頭が身づくろいをしながら、

「みょうな話でございましたねえ。それよりもさっきの伊勢屋さんの話、なんとも気の毒なことですが、やはり右善の旦那、その非道《ひど》い盗賊を探索なさるおつもりで」

権三と助八が来るまえ、胃ノ腑の痛みがやわらいだところで、鈴ケ森の話をしていたのだ。

右善は返答に戸惑い、

「そりゃあまあ、そんな物騒なやつらはとっ捕まえ、諸人《もろびと》に安心してもらいたいところだが、儂はもう定町廻りでも隠密廻りでもないでのう」

「旦那、せめてこの明神下にはそんなのが出ないように……」

つき添いの手代が言った。

右善はうなずいていた。

このときの患者は、この旅籠の番頭だけだった。

奥の居間で夕餉《ゆうげ》の終わったあとである。いつもならこのあと右善はすぐ離れの自分の部屋に戻るのだが、普段の呼び名の〝師匠〟ではなく、

「竜尾どの」

と、名を呼び、

「訊《き》きたいことがある」

真剣な眼差《まなざ》しを竜尾に向けた。

竜尾はびくりとし、

「まあ。あらたまって、なんでございましょう」

膳はお定がかたづけ、留造が火の入った行灯を居間に運んだばかりである。二人のあいだに、隔たりになるものはなにもない。

行灯の灯《あか》りのなかに、あぐら居の右善はひと膝まえにすり出た。端座の竜尾は胸中に身構えた。

右善は単刀直入に切り出したかったが、遠まわしな問い方になった。

「同心のころから、儂は竜尾どのの出自《しゅつじ》など訊いたことがなく、気にしたこともなかったが、それは竜尾どのがいずれ江戸の医家の出で、培《つちか》った腕前からみずからの療治処を立ち上げ、仕事の多忙と意義深さから独《ひと》り身《み》のまま今日に至っておると解釈し、儂のように江戸者であるのがあたりまえのように、そう思いこんでいたからだ」

「真剣なお顔でなにかしらと思ったら、さようなことを……。はい、そのとおりですよ。それがなにか？」

とぼけるような表情で竜尾は返した。

「いや、なんでもない。ただ、ときおり京詞《きょうことば》が入るゆえ、上方《かみがた》で修行しておったこともあったのかなと思うて。まして薩摩など、なまりも聞いたことがないゆえ」

「あらら、さようなこと。話したことありませんでしたかしら。京に行っていた一時期はありました。親戚がいて、そこで修行しまして。それは厳しいものでした。それがいかがいたしましたか？　それに薩摩などと、さきほどそのような話が出たからでしょうか」

逆問《ぎゃくと》いを入れられ、右善はひと膝まえに出ていたのをもとに戻し、

「まあ、そういうところだが、お菊どのに助勢したときだった。いささか舌を巻いてのう。おぬし、ただの女鍼師だけとは思えぬほど、度胸が据わっており、果敢であった。心得が、おありなのか」

この際であろうか、右善はきょう覚えた疑念に乗せ、これまで胸中に収めていたことを口にした。

お菊の敵討ちに助勢したときだった。竜尾がお菊につき添い、右善がお菊の敵《かたき》と抜き身で向かい合った。お菊は懐剣を手に、竜尾は脇差を構えていた。

敵がお菊に向かって大刀を打ち下ろし、踏込んだ右善の大刀が金属音とともにはね返した。竜尾が右善の目を奪ったのはそのときだった。脇差を正眼《せいがん》に構えた竜尾がお

菊の前に防御するように飛び出したのだ。しかも正眼の構えではないか。度胸と冷静さがなければ成《な》せる技《わざ》ではない。結果は右善が敵にひと太刀あびせ、竜尾に背を押されたお菊が懐剣でとどめを刺した。

そのとき右善は、

（このお人、女鍼師をしているが、武家の出ではないのか。それも、相当鍛錬を積んだ……）

思ったものである。しかし右善にとって竜尾は、あくまで鍼の師匠であり、気になったが敢《あ》えて訊《き》かなかった。竜尾も、自分の出自を語ることはなかった。

その問いをいま、右善は舌頭《ぜっとう》に乗せたのである。

竜尾は返した。

「ああ、あのときのことですね。お菊さんが不意にあらわれ、右善どのを敵と間違ったのがきっかけで、敵討ちに加担することになってしまったのでしたねえ。あのときの右善どの、ほんとうに頼もしゅうございました」

「そんなことを訊いておるのではない」

「あらあら。きょうの右善どの、すこしおかしいですねえ。あのときは成り行きからああなってしまい、もうまったく夢中でしたから。ただそれだけですよ」

「うーむ」

と、右善は得心できないまま、

「権三と助八め、きょうは仕事の合い間あいまに、うわさを蒔《ま》くのと聞くのとで忙しかったことだろう。あしたまたなにか聞いてくるかもしれん」

と、腰を上げた。

「まっこと、右善どの、きょうはすこしおかしゅうございます」

竜尾も腰を上げ、見送るように言った。

外はすでに暗くなっている。留造が離れの火種にと手燭《てしょく》を持って来た。庭に出ると、いきなり全身が寒さに包まれた。

離れの部屋も寒《さむ》ざむとしていたが、外よりはましだ。手燭の火を行灯に移し早々に蒲団を敷き、もぐりこんだ。

眠れない。

右善がおかしいのではない。おかしいのは竜尾なのだ。

最初に右善が疑念を感じたのは、権三が〝敵討ち〟と言ったときだった。鍼療治を受けていた旅籠の番頭が〝痛っ〟と声を上げた。確かに竜尾は手許を狂わせた。竜尾には、考えられないことである。たとえ狂わせたとしてもほんのわずかで、右善の稽古代のように、患者が声を上げるほど竜尾が派手に仕損じるなどあり得ない。気になるのは、それが〝敵討ち〟の声と同時だったことである。その声に、竜尾の手許が狂ったとしか思えない。

お菊に助勢したあと、世間に知られる大事件であるにもかかわらず、療治処で竜尾はそれを話題にすることはなかった。白装束のお菊を駕籠で運ぶなど、大事な役割を果たした権三と助八が同業に自慢し、それを療治処で得々と話しても、竜尾はまったく乗って来なかった。あまりにも謙虚が過ぎる。

いまにして思えば、意識的にそれが話題になるのを避けていたようだ。それもが、いまはみょうに思えて来る。

それだけではない。逃げている敵が医者の形《なり》をしているかもしれないとか、四十がらみの女が一緒で、ともかくそのようなのが目印になっているなどと、あいまいな話になったとき、竜尾は〝どんな人〟と、縁側に出て来た。そのときの表情が、右善には竜尾が故意に笑顔をこしらえているように見えた。

竜尾が医家の出でなく、武家の出であったなら……、

(なにか係《かか》り合《あ》いがある……)

縁側で権三、助八と話しながら、激しく右善の脳裡をめぐった。

さきほども竜尾は、明らかに〝敵討ち〟が話題になるのを避けようとしていた。その表情も、尋常《じんじょう》ではなかった。

それに、かつて京で修行をしたことがあるなど、きょう初めて聞いたことである。しかもその経緯《いきさつ》は語らず、出自そのものもふたたび、はぐらかされてしまった。

（まさか……）

思いたくもないことが、瞬時、右善の脳裡を走った。目がさらに冴え、眠れなくなった。

話に〝薩摩〟が出て来たのも気になる。もちろん、これまで竜尾の口から聞いたことはない。京詞がときおり出ても薩摩なまりなど感じたことはない。だからかえって気になるのだ。

（それらも含め、訊かねばならぬ。竜尾どのが、いかにはぐらかそうとも）

意を決すると、ようやく眠気を覚えてきた。

六

翌日、朝から療治部屋はぎこちない雰囲気がただよっていた。だがそれは右善と竜尾のあいだのみであり、つぎつぎと入れ替わる患者に気づかれることはなかった。

昼餉《ひるげ》のとき、竜尾と右善、留造、お定の四人だったが、いつもよりにぎやかなものとなった。右善がなにやら問おうとするのを防ぐように、

「薬草採りの最中に、蛇の尻尾《しっぽ》を踏んでしまったことがありましてなあ……」

「根を掘るときなど、冬眠中の蛙《かえる》を起こしてしまい、蛙に申しわけのうて……」

などと、とりとめもない話題をつぎつぎとくり出し、午後の往診には留造を薬籠持に連れて行った。

一人残った療治部屋で右善は、

(うーむ。やはり竜尾どのが、みずから話す日が来るのを待つ以外にないか)

思いもした。

しかし、想像できる最悪の場合を考えたなら、

(さような悠長なことを言っている場合ではないかもしれぬ)

思えて来るのだ。

敵《かたき》を追って二十年という者が、いま江戸に出て来ているらしい。しかも〝数年前〟から住みついているという。どこに……、どのような人物……。きのうの権三と助八の話ではわからない。そこまでは、同業から聞いていないのかもしれない。

そろそろ陽が西の空にかたむいた時分だった。まだ竜尾と留造は往診から帰っていない。

療治部屋で薬草学の書籍を書見台に開いていた右善は、

「ほっ、ちょうどよい」

つぶやき、腰を上げた。軽いかけ声とともに権三と助八が冠木門に入って来たのを感じたのだ。

縁側に出た右善に、担ぎ棒を担いだまま前棒の権三が、

「あ、いけねえ。旦那お一人ですかい」

「権よ、まだ外でお客が拾えるぜ」

後棒の助八がすかさずつづけ、そのまま二人は入ったばかりの冠木門へ向きを変えようとした。

右善は慌て、

「こらこら、鍼の稽古代ではない。きのうの話のつづきだ」

言うと奥に向かい、

「おーい、お定。三八の二人にお茶を頼む」

声を投げた。二人は戻らざるを得ない。向きをもとに戻し、駕籠尻を地につけ、お

茶が入ったので縁側に腰を据えたが、

「伊勢屋の話、また同業たちに話しておきやしたぜ。それにしてもそんな非道《ひで》えこと、どこのどいつがやりやがったんだろうねえ。旦那、ひとつ奮発して探索してやってくだせえよ。あっしら、合力《ごうりき》しやすぜ」

「ああ、あの敵討ちの話ですかい。きょうその同業と会わなかったから、新しいことはなにも聞いていねえ」

と、きのうからの進展はなかった。

右善は、

『詳しいことを聞いたら、すぐ知らせてくれ』

と、言いかけた言葉を呑みこんだ。二人とも、敵が〝医者の形《なり》〟をしていて、〝四十がらみの女も一緒〟などというのをおもしろがっていただけで、右善が感じたような、竜尾と係り合いがあるかもしれないなど微塵《みじん》も思っていない。みょうに聞き込みを頼んだりすれば、権三と助八までが〝なにやら係り合いが〟などと思いかねない。はっきりするまで、この疑念は自分一人の胸の中に収めておかねばならないのだ。

二人ともお定の淹れたお茶を干すと、

「さあ、兄弟《きょうでえ》。湯に行こうぜ」

「おう、そうしょう」

と、早々に腰を上げ、駕籠を担いで冠木門を出て行った。やはり右善の稽古代にされるのを警戒しているようだ。お定が用事のない限り奥から出て来ないのも、そのあたりに原因がありそうだ。

竜尾と留造が往診から帰って来た。

夕餉の座で、権三と助八がさきほど来たが、新たに仕入れたうわさ話のなかったことを話すと、竜尾は、

「そうですか。まったくまとまりのない、みょうな話でしたからねえ」

と言ったのみで、話題をきょう往診にまわった患者の症状に移した。右善もきのう訊こうとしたことを敢えて訊かず、竜尾の話に乗った。

だが、夕餉が終わり右善が早々に裏手の離れに引き揚げようとすると、

「権三さんと助八さん、あしたも夕刻、来るかしら」

ぽつりと言った。

「ん？　ふむ。来るだろう」

右善は返し、庭に出た。

きのうと違い、陽は落ちていたが、まだ明るさが残っている。冬場だからこれから急激に夜の帳《とばり》が降りる。お定の用意した種火《たねび》用の手燭《てしょく》を手に離れの部屋に戻り、行灯に移した。

一人になり、あらためて、

「はて？」

首をかしげた。竜尾は、権三と助八が午前中だけでなく、あしたの夕刻も来ることを期待している。理由は一つしか考えられない。伊勢屋に関して右善の立てた筋書が〝真実〟のうわさとして広がることは望んでいるだろう。だが、その成果をわざわざ聞こうとしているのではあるまい。

（竜尾どのも、医者の形をしているかもしれない〝敵《かたき》〟を、追っている者がいることを、詳しく知りたがっている）

だとすれば、

（やはり、なんらかの係り合いが……）

思いがさらに強くなった。それも、最悪の事態が……である。

外はすでに暗くなりかけていた。

部屋の行灯の灯りのなかで、

(竜尾どのよ。おめえさん、いってえ何者なんでえ)

いまさらながらに思わざるを得なかった。

右善が現役の北町奉行所の隠密廻り同心だったころである。

竜尾の療治処で、鍼師が女とみてのことか計画的にか、療治に言いがかりをつける者がいて、その理不尽さに竜尾は困り果て、地元の湯島の自身番をとおして北町奉行所に仲裁を依頼した。

この公事《くじ》を担当したのが熟練の児島右善だった。岡っ引の藤次を引き連れ内偵の結果、言いがかりをつけた者の背後に、筋のよくない連中のいることが判《わか》った。さらに探索すると、連中は言いがかりの常習犯で、余罪がかなりあって泣き寝入りした者が少なくないことを突きとめた。

この探索で竜尾は連中の報復を恐れず、隠密廻りの右善によく合力し、おかげで右善と藤次は連中の棲家《すみか》も割り出し、捕方《とりかた》を引き連れ機をみて踏込み、悪党どもを一網《いちもう》打尽《だじん》にした。

その探索のころが思い起こされた。無頼《ぶらい》の悪党どもを相手に、被害者とはいえ同心の探索に合力するのは、きわめて勇気のいることなのだ。それを町の女鍼師である竜尾はやってのけた。そのときの信頼感があったからこそ、右善は隠居すると竜尾に頼み、内弟子となって裏の離れに住込んだのだ。

そのときも、右善は竜尾を勇気のある女性《にょしょう》とみたが、その出自に疑念などまったく覚えなかった。お菊の敵討ちに助勢したとき、武家の出……と思ったが、それもこの人ならではのことと感じ、疑念にまでは発展しなかった。

だがいまは、その勇気や胆力さえもが、出自に疑念を持つ材料となっている。

（きょうはつい遠慮したが、やはり昨夜意を決したように、問い質《ただ》さねばならぬ）

ふたたび右善は心に刻《きざ》んだ。

それが明らかになったとき、

（どうする）

ふと胸中をよぎったが、考えるまでもなく、

（決まっておる）

結論は一つであった。いかに考え得る最悪の事態であろうと、

（師匠を護《まも》る、身命を賭《と》して）

右善は胸中に反芻《はんすう》した。

七

翌朝、療治部屋はきのうとおなじ、右善と竜尾のあいだには、ぎこちない空気がながれていた。

権三と助八が送り迎えする患者は二人しかおらず、二人目の患者は定期的に療治処に通っている明神坂上《みょうじんざかうえ》の豆腐屋の女隠居だった。

その女隠居の婆さんを送って帰ろうと、

「そんじゃ、お師匠。あっしらはこのまま町場に出まさあ」

権三が言いながら担ぎ棒に肩を入れたとき、竜尾は療治部屋から縁側に出た。右善は豆腐屋の女隠居が駕籠に乗るのを手伝い、まだ駕籠の横に立っている。

「町場をながして、夕方またここへ帰って来なさいな。町場の話など、いろいろ聞きたいから」

「さようですかい。そんならそうさせてもらいまさあ」

助八が応え、

「へいっほ」

「えっほ」

三八駕籠は冠木門を出た。

右善は療治部屋に戻ったが、

(やはり、知りたがっている)

思えた。

「右善さん、親方の薬湯、お願いしますね」

「ああ、畳屋の親方だったなあ、腰痛の」

と、ふたたび療治が始まった。


早めの昼餉を終え、この日も竜尾は薬籠持に留造をともなった。

右善は冬場には欠かせない葛根湯《かっこんとう》の用意を頼まれている。ひと口に葛根湯といっても、葛根に桂皮《けいひ》、甘草《かんぞう》、生姜《しょうきょう》など七種類ほどの薬草を薬研で挽き、調合しなければならない。けっこう手間ひまがかかる。

「さあて、やるか」

と、右善は各種必要な薬草をそろえ、薬研に向かった。

だが、脳裡にあるのは、

(急がねば)

である。なにしろ〝医者の形をしているかもしれない〟敵《かたき》を追っている何者かが、数年前から江戸に入っているのだ。

権三と助八は、明神坂上で拾った客が湯島天神の方面だったので、伊勢屋のある内神田とは逆方向の、上野《うえの》不忍池《しのばずのいけ》のほうをながし、午《ひる》をかなり過ぎた時分には湯島に戻り、ときおり客待ちをする明神坂上の茶店の縁台でひと休みした。坂上が神田明神の門前で、いつも療治処に送り迎えする女隠居の豆腐屋はそこにある。最初の客がそこで拾った参詣《さんけい》客だったのだ。そこにまた戻って茶店の縁台に座っている参詣帰りの人に声をかけるのだ。辻立《つじだ》ちをするより、効率のいい仕事ができる。

権三と助八が急な明神坂を上りきったとき、茶店の縁台にかなりくたびれた感じの老武士と、質素な身なりの若い武士とその妻女だろうか、髷も着物も着飾っておらず、参詣というには見劣りする、一見浪人の家族と思える三人連れが座っていた。駕籠を担いだまま、前棒の権三は、

(なんでえ、あいつら。声をかけるんなら、相手を見てからにしろってんだ)

思い、すぐに後棒の助八もおなじことを思った。顔見知りの同業が近くに駕籠を停

め、立ったままその三人連れとなにやら話しているのだ。

権三と助八は奥のほうへ駕籠を停めるため、茶店の前を通り過ぎようとした。客に声をかけるのも、駕籠舁き仲間の仁義があるのだ。さきに来ていた同業に客がついてから、つぎに来た者が声をかける。割り込みは許されず、順番でついた客が上客であろうと近場で一文でもケチる客であろうと恨みっこなし、と話し合ったわけではないが、いつからかそうなっている。

「おう、三八じゃねえか。いいところへ来た」

「あ、ほんとだ。ちょっと来ねえ」

同業の前棒が権三と助八に気がつき、後棒が手招きした。

権三と助八は空駕籠を担いだまま、

「いや。俺たちゃいま来たばかりだからよう」

「向こうで待たしてもらわあ」

「いや、そうじゃねえんだ。いま、こちらのご浪人さんと、おめえんとこの話をしてたんだ」

「そう。そこへおめえらが来たって寸法よ」

縁台に座っている三人も、期待するように権三と助八に目を向けた。駕籠に乗れ乗らないの話ではなかった。

「俺たちのことを話してたあ?」

「なにをでえ」

権三と助八はあともどりし、同業の立っている横に駕籠尻をつけ、担ぎ棒に肘《ひじ》をついてもたれかかるような姿勢になった。

「こちらのお三方《さんかた》がお医者を找《さが》しておいでなあ。それの願掛《がんか》けで明神さまへお参りをしなさったそうな」

「それも、ここ十年ほどで新しく開業したお医者でよう。女先生かもしれねえっていう珍しい医者だ」

「おめえらが贔屓《ひいき》にしてもらっている療治処よ、そうじゃねえのかい」

同業の前棒と後棒が交互に言うのへ、権三と助八は担ぎ棒に肘をついたまま顔を見合わせた。先日、室町の溜り場で話に出た、曖昧な敵討ちの話のようではないか。

〝ここ十年ほどで〟というのは初めて聞くが、権三と助八も、竜尾という女鍼師《おんなはりし》がいまの町に鍼灸療治処を開業したのは十年ほど前、と留造とお定から聞いたことがある。

一家族のような三人連れは、敵《かたき》を找《さが》しているとも敵討ちとも同業に言っていないようだが、権三と助八の脳裡にはそのことが浮かび上がって来た。

室町の溜り場でその話が出たとき、いま話している同業はいなかった。だから敵討ちの話は知らず、家族連れのような武家から〝女先生かもしれぬ〟医者を訊かれ、それなら三八が出入りしている療治処だと思い、それを話しているところへ権三と助八が坂を上って来たということのようだ。

権三が縁台の三人連れに言った。

「へえ、確かにこの坂下に鍼灸の療治処があって、できたのは十年ほどめえだと聞いておりやす。あっしらそこでいま、贔屓《ひいき》にしてもらってまさあ」

「ほう。そこが女医者とな。独り身《ひとりみ》か亭主はいるのか。何歳くらいの女医者か」

若いほうの武士が、縁台から身を乗り出すように訊いた。

「そりゃあ、きれいなお独り身で、まあ三十か、四十には行っておりやせんが」

「権《ごん》……」

助八が権三に顔を向け、低くたしなめるように言った。

縁台の三人は互いに顔を見合わせた。

助八があとをつないだ。牽制のつもりだった。

「お独り身でござんすがね、そこの療治処にゃあ、強《つえ》え用心棒がいなさらあ」

「ああ、あの総髪の爺さんかい」

同業の前棒が言ったのへ権三は、

「てやんでえ。爺さんには違えねえが、こっちのほうはどんな若え侍《わけさむれえ》にもやくざ者にも敗《ま》けねえぜ」

担ぎ棒から肘をはずし、左腕の力こぶを右手で音を立てて叩いた。

縁台の三人はふたたび顔を見合わせた。戸惑いの表情ではない。確信を得たように、かすかにうなずきも交わしていた。

「権よ」

助八がまたたしなめるように権三に視線を向けた。

「その旦那がお待ちかもしれねえぜ」

「おっ、そうだ。こりゃあ忘れてた」

権三も気づいたようだ。肩を担ぎ棒に入れると、

「あらよっ」

「ほいきたっ」

助八も急いでそれにつづいた。

「なんでえ、あいつら。お客を待たせているの、忘れてやがったのかい」

「あはは。あいつららしいぜ」

いま来た坂を急いで下りる三八駕籠を、同業は笑いながら見送った。

このあと浪人の家族連れらしい三人は、竜尾の療治処の場所など詳しく聞いたことであろう。


空駕籠の権三と助八は急いだ。

（喋り過ぎた）

走りながら反省した。

明神坂を下りるとそこが湯島の通りであり、一丁目で枝道に入れば療治処の冠木門が見える。

「旦那あーっ」

駈けこんだ。

いつもと異なる権三の声に右善は驚き、葛根湯を調合する手をとめ、勢いよく障子を開け縁側に飛び出た。急患なら竜尾を名指すはずである。

「どうしたっ」

「旦那っ、出やしたぜっ」

縁側のすぐ前で駕籠尻を地につけるなり助八が言った。

二人は縁側に腰を打ちつけるように下ろし、

「女先生を找《さが》してるってよ。それがここのお師匠に当てはまるみてえでよう」

「なに言ってるんだ」

権三が言葉の出るままに言うのへ右善は問い返し、助八が、

「どうも、みょうなんでさあ」

と、明神坂を上り同業に声をかけられたところから、順を追って詳しく話した。

室町の溜り場では、敵が〝女医者の形〟をしているかもしれないことをおもしろがっていたのだが、明神坂上での話とそれが、どうやらつながっているような気がする。助八も権三もそこに気づき、だから二人は〝喋り過ぎた〟と反省し、療治処に急いだのだ。

奥からお定が、

「二人ともなにを騒いでいるのだね」

と、お茶を運んで来て、鍼の稽古代の心配がなさそうなので、そのまま縁側に座りこんだ。きのうおととい から、お定も敵討ちの話は断片的に聞いている。そのつづきのようなので興味を持ったようだ。

二人から詳しく聞いた右善は、

「うーむ」

唸《うな》り、

「おまえたちの同業は、それが敵討ちの話に係り合っているかもしれないことに、気づいていないのだな」

「へえ、そんなようすでやした。坂上では、敵討ちの〝か〟の字も出て来やせんでしたから」

助八が応えたのへ右善は、

「よし。まだいるかもしれない。儂が行ってみよう」

右善は裏手の離れに走り、出て来たときには脇差を腰に差していた。

「仇討《あだう》ちだの敵《かたき》が医者の形《なり》をしているだの、よそでは話すな」

言うと足早に冠木門を出た。

お定は権三と助八から、坂上でのようすを詳しく聞くだろう。ということは、きょう中にも竜尾に詳しく語られることになる。

ている。

八

急いだ。絞《しぼ》り袴《ばかま》に筒袖《つつそで》だから素早い動作ができる。冬場のことで袖無《そでな》し羽織《はおり》を着けている。

権三と助八が岡っ引なら、その場をうまくやりすごし、浪人家族のような三人のあとを尾《つ》け、ねぐらを突きとめ、名も素性も近所に聞き込みを入れるところだろう。だが、権三と助八にそれは望めない。藤次がそばにいないのを残念がったが、それも隠居の身では仕方がない。だからいま、右善自身が急いだのだ。

坂下に来た。ふらりと参詣に来たように装《よそお》うため、ゆっくりと上った。

茶店の屋根が見え、さらに数歩、

「いない」

足を早めた。

駕籠屋もいない。

途中、それらしいのとすれ違っていない。帰ったとすれば、どちらも湯島聖堂の裏手の往還を行ったのかもしれない。だとすれば、もう追いつけまい。

茶店のおやじに訊いた。確かに浪人の家族らしい三人も駕籠屋も、さきほどまでいたという。

「その三人、住まいはどこか知らぬか」

「旦那、冗談言っちゃ困りやすぜ。初めてのお客でさあ。ご覧のとおり、ここは一見《いちげん》のお客がほとんどで、名も住まいも知るはずござんせんや。え、どんな話を？　聞いておりやせんや。そうそう。いつもの権三さんと助八さんが一緒でやしたから、その二人に訊いてみてくだせえ」

そのとおりであろう。

「ふむ」

右善はうなずいた。三八の同業は、たまたま聖堂の裏手の往還を行く客がついたのだろう。だが浪人の家族らしい三人は、その駕籠屋に療治処の場所を訊いていないはずはない。確かめるため、まだ湯島一丁目のあたりを、

(徘徊《はいかい》しているかもしれぬ)

あり得ることだ。

「おやじ、じゃましたな」

「いえ、旦那。お役に立ちませせぬで」

右善は早々に茶店のおやじの声を背にした。

来たときと同様、急いだ。

湯島の通りを行けば、顔見知りが多い。

「おや、旦那。急な患者でも出やしたので？」

「いや、そうじゃないが」

「あらら、旦那。療治処の前を通り過ぎなさって」

「ああ、ちょいとな」

なにしろ町の者は、右善の前身を知っているのだ。尋常な足取りでないせいか、声をかけられる。

そのなかに、脇道も路地ものぞいた。

見当たらない。行き違いをくり返したのかもしれない。

浪人家族のような三人連れが歩いていなかったかどうかだけなら、往来の者に訊けばすぐ判るだろう。

だが、できない。この一件は、広まってはならないのだ。一家三人は近くを歩き、独り身の〝女医者〟が用心棒を置いていることも、すでに確認しているかもしれない。

三人はその〝女医者〟の顔を見ていなくても、なにやら確証を得た思いになったかもしれない。

陽が西の端《は》にかかろうとしている。

冠木門から空駕籠の権三と助八が出て来た。熱い湯に間に合う時刻だ。

「おっ、どうでしたい。いやしたかい」

「いや。それよりもおめえたち、もう帰《けえ》るのか」

権三が言ったのへ右善は返し、助八が応えた。

「へえ。さっきお師匠がお帰りで、坂上の話、しておきやしたので」

「お、そうか。いいか、おめえたち……」

「へへ。旦那に口止めされたことも話しておきやした。留造さんもよそでしゃべったりしねえはずで。もちろんあっしらも。なあ、助よ」

「そうともよ」

権三が言ったのへ助八が受けた。

二人とも〝敵討ち〟の話が竜尾の療治処の条件に近いことに勘づきながらも、事の重大さや深刻さには、まだ思いが至っていないようだ。

（それでよい）

右善は思い、冠木門に急ぎ足で入った。

竜尾は療治部屋で、きょうの往診に使った鍼の熱湯消毒をしていた。右善も葛根湯の調合の途中で出かけたものだから、あとかたづけをしなければならない。部屋に入り、竜尾と向かい合うようにあぐらを組んだ。部屋は障子越しに夕陽を受け、明るかった。

竜尾のほうから言った。

「お帰りですね。聞きました」

「ふむ」

右善は短く返した。冠木門を飛び出すように出かけたのも、二人から聞いているだろう。

竜尾は熱湯消毒の手を動かしながら、さらに言った。

「いつかは、とは思っていたのですが。そのときに至れば、わたくしのほうから話します」

「うむ」

また右善は短くうなずいた。やはり面と向かい合えば、問い詰めるなどできない。竜尾のほうから話すのを、右善は待つことにした。竜尾も、心の整理をつけてから話すつもりのようだ。

だが、浪人の家族と思える三人は、父と息子と娘か、それとも息子夫婦か娘夫婦か、すぐそこまで来ているのである。すでに、冠木門の前に立ったかもしれない。

「お師匠《しょ》さん、夕餉の用意ができました」

奥からお定の声が聞こえた。

夕餉の座は、留造もお定も含め、確実にぎこちないものとなった。座に、坂上の話は出なかった。

代わりにであろうか、

「品川の鈴ケ森の事件、まだ解決の糸口も見つからないのかしら」

「うーむ。あのような行きずりと思える事件は、探索が困難をきわめるからなあ。儂も気にはなっているが」

竜尾が言ったのへ、右善は返した。実際、神田鍛冶町の伊勢屋の娘紗枝と番頭の辰之助が鈴ケ森で殺害されたなど、元同心の右善の脳裡から消えるはずがない。

きょうはいつもどおり明るいうちに夕餉を終え、右善が腰を上げたのは、陽が西の端に沈んだときだった。

二　胸中明かす時

一

数日前だった。

「なんと、薩摩《さつま》の藩士が禄《ろく》を離れ、敵討《かたきう》ちの途上にあると！」

「御意《ぎょい》」

「しかも、敵《かたき》を追って二十年とな」

「さようにござりまする」

大名家の上屋敷《かみやしき》の中奥《なかおく》である。大名屋敷の中で中奥は藩主が起居し、政務を執《と》る場である。藩士でもそこまで入れるのは、目通《めどお》りのかなう上席の者に限られる。しかもその者はいま、御座《ござ》ノ間《ま》で藩主と一対一で目見《まみ》えている。

藩士を監視する横目付《よこめつけ》を統括している、番頭《ばんがしら》の森川典明《もりかわてんめい》である。面長《おもなが》に鼻筋が通って頰《ほお》のこけている顔相が、藩主の松平定信《まつだいらさだのぶ》と似ている。それは藩内でも評判であり、面相が内面を映し出していようか、生真面目《きまじめ》と神経質を同居させたような性質《たち》まで、両者は似ていた。

松平定信といえば、奥州白河藩《おうしゅうしらかわはん》十万石の大名であるが、いまや老中となり幕政を一手に握っている人物である。松平家の上屋敷は、外濠《そとぼり》の幸橋《さいわいばし》御門を入り、白壁に囲まれた広くまっすぐな往還を進んだところにあり、広大な地所に豪壮な正面門を構えている。

森川典明と二人だけの部屋で、定信は横目付の報告に応《こた》えた。

「典明。使えるぞ、その話」

「はっ。それがしもさように思い、お人払いを願い、話しました次第にございます」

「ふむ、ふむふむ」

定信はおのれの発想をおのれで得心するようにうなずき、言葉をつづけた。

「外様《とざま》の薩摩に花を持たせてやるのは癪《しゃく》だが、その者に助勢してやるのだ。諸国をさまようて二十年とは、その者、いまなお找《さが》しあぐねておるのであろう」

「御意」

「いま藩を離れているのはさいわいじゃ。生活《たつき》も切迫していよう。そのほうがすべての面で支援し本懐《ほんかい》を遂げさせ、その者を汝《そち》の掌中《しょうちゅう》に置き、間者《かんじゃ》に仕立てて薩摩藩に送り帰すのじゃ。本懐を遂げれば帰参しよう」

「御意」

「ふふふ。島津《しまづ》忠堯《ただたか》め、将軍家の家斉《いえなり》公から一字を賜《たまわ》る偏諱《へんき》を受け、斉宣《なりのぶ》などと名乗り、いい気になっておるのではないかのう」

「はっ」

定信が老中に就任してから、とくに薩摩と対立が始まったわけではない。琉球《りゅうきゅう》を擁する薩摩には、常に抜け荷（密貿易）の疑いがあり、しかも七十二万八千石と西国の雄藩であってみれば、幕府にとってはなにかと気になり、有効な探索の手を入れておきたいところなのだ。

「ともかくその敵討ち、汝に任せるぞ。詳しく調べ、よしなに計《はか》らえ」

「はーっ」

森川典明は、緊張の面持《おもも》ちで御座ノ間を辞した。

といっても、横目付番頭の森川典明が、薩摩藩士の関わる敵討ちの話を詳しく掌握していたわけではなかった。

駕籠舁きの権三と助八が鈴ヶ森の一件に加え、〝女医者の形《なり》〟をしているかもしれない敵《かたき》を追っている者がいるらしいことを、日本橋室町の溜り場で仕入れたように、駕籠舁き仲間の溜り場に網を張っておれば、江戸の町々のおもてには見えない部分が見えて来る。

白河藩松平家の横目付に仕える端《はした》の者が、たまたまそうした溜り場で敵討ちの話を聞いたのだろう。そこに〝薩摩〟の名が出て来たものだから上司へご注進に及び、それが番頭《ばんがしら》の森川典明の耳に入った。そこでもやはり〝薩摩〟の名に押され、急ぎ御座ノ間にお伺いを立てたところ、藩主で老中の定信が興味を示したのである。

だからこのとき、森川典明も権三や助八とおなじくらいの事柄しか知らなかったことになる。だが松平家の横目付が、あるじの定信から支援のお墨付きを得たとなれば、あいまいであった実相を知るのは、そう困難なことではない。日を経ずして、〝女医者の形〟をしている者も、それを追っている者も割り出すことであろう。

その動きはさっそくあった。白河藩松平家から、両町奉行所に〝二十年前に薩摩藩から出されたはずの敵討ちに関する届け〟について問合せがあったのだ。

届けは北町奉行所にはなく、そのときたまたま月番であった南町奉行所が受理していた。

だが北町奉行所で、

(はて。なにゆえご老中の松平さまの藩邸が、二十年前のことを?)

と、首をかしげた者がいた。右善の後輩にあたる、隠密廻り同心の色川矢一郎であった。

(念のためだ)

と、色川は日ごろから情報交換をしている南町奉行所の隠密廻りに、

「詳細を知らせてくれ」

と、依頼した。

すぐに判った。確かに南町奉行所の例繰方《れいくりかた》に保管されている、敵討帳《かたきうちちよう》に記載があった。

藩内で藩士が藩士を殺害し、その者が出奔《しゆっぽん》して行方をくらましたとき、遺《のこ》された者はあとを追い、敵《かたき》を討つまで帰参できないのが武家の決まりであった。過酷な掟《じよう》法《ほう》と言うほかはない。それに、手順も踏まねばならなかった。

まず主君が遺族に対し、

――敵討《かたきう》ちのため、致仕《ちし》(禄位返上)せず領国を離れるも赦《ゆる》す

と、相互の名も慥《しか》と認《したた》めた赦免状を出す。

これだけではない。藩の江戸屋敷が町奉行所にその旨《むね》を届け出る。これによって藩士の敵討ち行脚《あんぎゃ》を公儀に届けたことになり、討手《うって》は全国いずれの領国や天領にも立ち入り、敵を見つけ次第その場で討ち果たすことができる。討手は致仕していないのだから、晴れて帰参することになる。だが、追うこと十年、二十年……見つけられなければ野垂《のた》れ死《じ》にのほかはない。

薩摩藩邸から届けがあったとき、たまたま南町奉行所が各種公事《くじ》受付の月番であったため、南町奉行所の例繰方の敵討帳にその記載があったことになる。

調べてくれた南町奉行所の隠密廻りは、北町の色川矢一郎に言ったものだった。

「確かに記載はあった。だが、みょうなのだ。ただ、この書状を持つ当藩の者が敵討ちのため領国を離れる故《ゆえ》、この旨を申し出るもの也《なり》、との申し入れがあったことが記載されているのみなのだ」

「ええ、ただそれだけ？」

色川はここでも首をかしげた。

届けには当然、殺害事件の詳細と、科人《とがにん》と討手の名が記されるものである。それがないというのだ。

色川が北町の者で、調べたのが南町だから、説明を端折《はしょ》ったというのではない。色川矢一郎はその南町の隠密廻りとは個人的なつき合いで、互いに仕事に便宜を図り合っている。その者が〝それだけだった〟と言うのなら、実際にそれだけだったのだろう。その隠密廻りも色川同様、首をかしげていたのだ。

南町の隠密廻りはつけ加えた。

「例繰方の者も言っておったが、薩摩藩邸からの届けは実際それだけで、二十年前を知る同心は当時、西国雄藩の傲慢《ごうまん》のあらわれだとずいぶん憤慨し、あとは誰もかえりみなかったらしい。現在のわれわれが見ても、薩摩にはまったく腹が立つ。だから南町じゃ、その敵討ちがどうなったか関心を示す者はおらず、その後の経緯も誰も知らないのだ」

「そりゃあ、俺だって腹が立つなあ」

色川は返し、本来の疑念を問いかけた。

「それをどうしていまごろ、老中の白河藩松平家の藩邸が問い合わせて来たのだ」

「わからん。例繰方の者も首をかしげ、さような説明を受けた藩邸の使者も、首をかしげながら帰ったそうだ」

おそらく使者は森川典明であろう。もちろん南町の隠密廻りも色川も、白河藩松平家の横目付番頭など面識もない。

「…………」

ますます色川はわけがわからなくなった。

かえってそこに、新たな疑念が湧いて来る。老中の藩邸がわざわざ問い合わせて来た……薩摩藩が藩士の敵討ちについて、木で鼻をくったような届出をしたのは、単に大藩の〝傲慢〟だけではないだろう。なにかそれなりの理由《わけ》があったに違いない。それをいま、老中の松平定信が藩邸を使って調べようとしている。なぜ……。

だからといって、それが奉行所の探索の対象となるものでもない。まして南町の案件なのだ。上司の与力に探索を願い出ても、取り合ってくれないばかりか、余計なことをするなと叱責されるのがオチだろう。

だとすれば、やはりそこに思いつくのは、いまは隠居の児島右善である。二十年前だったら定町廻り同心で、南町からながれて来たうわさを、なにか聞いているかもしれない。

さっそく児島善之助に話を持ちかけた。善之助も別の件で明神下を訪ねたいことがあった。鈴ケ森の件である。いつの間にか、北町奉行所で〝明神下〟といえば療治処の、それも右善の起居している裏の離れを指すようになっていた。

その場で岡っ引の藤次を呼んだ。

「へん、これからですかい。帰《けえ》りはきっと暗くなっておりやすぜ」

と、奉行所の小者に頼み、弓張《ゆみはり》の御用提灯を三張《みはり》用意した。陽は西の空に低くなっていたが、沈むにはまだいくらか間のある時分だった。

二

明神下へ行くにしては、色川矢一郎は珍しく職人姿ではなく、善之助とおなじ着ながしに黒羽織の八丁堀姿だった。

日本橋から筋違《すじかい》御門につながる神田の大通りは、陽のあるうちにきょう一日の仕事を終えようとする大八車や荷馬が行き交い、往来人も家路を急ぐのか男も女も急ぎ足になり、冬の乾燥したなかに全体がほこりっぽい。

そのなかを奉行所の同心が二人、肩をならべ雪駄《せった》のかかとに地を引く音を立て、悠然と歩を取る。往来の者は道を開け、大八車も荷馬の轡《くつわ》を取る馬子《まご》も、

「おっとっと、旦那。ご苦労さんでやす」

と、二人の行く手を開ける。そのうしろに、御用提灯三張を持った岡っ引がつづい

ている。

鍛冶町で伊勢屋の前を通った。善之助は商舗《みせ》のほうへちらと視線をながし、かすかに一礼した。胸中につぶやいていた。

(すまぬ)

その心情は、うしろにつづく藤次もおなじだった。娘の紗枝と番頭の辰之助は、明らかに物盗りによる殺しだったのだ。その悪党を挙げる端緒もつかんでいないばかりか、奉行所も宿場役人もほとんど動いていないのだ。

閉まっていた商舗が、きょうからであろうか暖簾《のれん》の出ているのが、せめてもの慰めだった。善之助も藤次も瞬時、その暖簾の中から白い眼で見られているような気がした。色川も善之助から話を聞いており、おなじ思いだったに違いない。

通り過ぎ、二人の背後から藤次は言った。

「店のどなたか、あっしらに気づいていたようでやすねえ」

「ふむ」

善之助はかすかにうなずき、色川も無言でうなずいた。

筋違御門の番所の前を通った。番士は五千石級の旗本家から出ており、町方とは無縁だが、互いに役務が似ている点もあるためか、六尺棒を地に立てた番士が目の前を悠然と行く二人を凝《じ》っと見ている。

(町方、なにするものぞ)

といった目つきである。

からかう気もあったのか、色川が大きな声で、

「ご苦労でござる」

「おうっ」

負けないほどの大きな声が返って来た。

御門の橋を渡れば湯島の通りである。

陽が沈みかけている。

「おや、旦那方、お二人もおそろいで。それに親分も。ご苦労さんでございます」

「これから療治処ですか。いつもありがとうございます」

と、道行く者が親しげに声をかける。顔を知らなくても八丁堀姿なら右善の後輩であり、善之助たちも右善の住んでいる町に来たという思いになる。三人とも悠然と歩いているため、八丁堀二人に岡っ引がそろっていても緊迫感はない。

枝道に入ると、

「おおう、ちょうどよかった」

と、留造が冠木門を閉めようとしているところだった。

「あ、これは善之助さまに色川さまもそのお形《なり》で。あれ、親分さんもおそろいで」

声を上げ、

「お師匠！」

と、玄関にひと声かけ、庭から裏手のほうへ、

「右善さん！」

声をかけながら早足になった。ちょうどさっき右善が離れに戻り、留造が手焙《てあぶ》りの炭火を運んだばかりだった。珍しい色川の八丁堀姿に留造は、何事かと緊張感を覚えたようだ。

だが、庭に出た右善は、

「ほう。珍しいいで立ちで来たのう」

と、かえって安堵を覚えた。隠密廻りが八丁堀姿でいるのは、探索の役務についていないときである。

離れは玄関口を備えているがひと部屋しかなく、手焙りをまん中に男が四人も腰を据えると、それで部屋いっぱいになる。

すぐに竜尾が盆にお茶を用意し、離れに運んで来た。留造かお定にさせればいいと

ころ、自分で運んで来る。

気になるのだ。右善が善之助、色川矢一郎、藤次とどのような話をするのか……。それに右善はきょう三人が来ることを、まったく言っていなかった。右善も知らなかったことだが、そこもいまの竜尾には気になる。

「おやおや、三人もおそろいで。わかっておれば母屋の居間か座敷を用意しましたものを」

と、盆を置いて退散するのではなく、部屋に上がり湯飲みを一人ずつ膝の前に置こうとするのを、藤次が恐縮したように、

「師匠、どうぞかまわねえでくだせえ。あとはあっしが」

「さよう。この者たちが、ご政道に関わる話を持って来てなあ」

竜尾がそのまま座りこもうとするのを感じ取った右善が、つい言いにくいことを言った。右善にしてはこの機会に、例の〝敵討ち〟の件について、三人に相談したいのだ。そこに竜尾がいては、はなはだまずい。

さきほど部屋に上がるなり右善が三人に、

「――儂もちょうど、おまえたちに話したいことがあってのう」

「――私も、老中の松平さまが係《かか》り合《お》うていると思われる話がありまして」

と、色川が応《こた》えていたのだ。まさにご政道の話のようだ。

そこへ竜尾がお茶を運んで来たのである。

竜尾はいかなる話か気になりながらも、

「ご政道？　そうですかあ」

と、不満顔で玄関の土間に下りた。

その竜尾に聞こえるように右善は、

「して、老中の松平さまの話とはいかようなことかのう」

「はい、本来なら南町の扱った件なのですが」

問われた色川は応えた。

竜尾はそこまで聞いて〝ご政道〟を確認したか、玄関口の戸が外から閉められた。

部屋の中での話は、そのまままつづけられた。

「われわれの北町にも、白河藩松平家の江戸藩邸から問い合わせがありまして」

戸を外から閉めたばかりの竜尾は、それも聞いたろうか。いくらか安堵の思いになり、母屋に戻った。屋内はすでに行灯《あんどん》の灯《あか》りが欲しくなっているが、外はまだ明るさが残っていた。

色川矢一郎は得意の職人風体《ふうてい》を扮《こしら》えているときは、自然とそれに見合った伝法《でんぽう》な言葉遣いになるが、いまは八丁堀姿である。

「それがなんと、二十年も前に薩摩藩邸から出された、藩士の敵討ちに関する届けについてでありまして……」

そこに疑念を覚え、懇意にしている南町の同輩から聞いた内容を披露した。

右善は色川を凝視し、幾度もうなずきを入れていた。

藤次が手焙りから火を取り、行灯に火を入れた。

「うむむ」

聞き終えた右善はうめき声を洩らし、

「実はなあ……」

と、話を権三と助八が持って来て、それが竜尾の来し方《こしかた》に合致するかもしれないことと、さらにそれらしい浪人の家族者と思われる、若い女を含む三人連れがすぐ近くに現われたことなどを語った。

こんどは三人が右善を凝視する番だった。善之助と藤次は、鍛冶町の伊勢屋の二人が鈴ケ森で殺害された件は右善と話したが、〝敵討ち〟の件については、いま右善から聞くのが初めてである。

ことの重大かつ深刻さに、

「げえっ」

藤次が声を上げ、

「そ、それで大旦那はさっき、お師匠をここから締め出すようなことを……」

「まあ、そういうことだ」

右善は苦痛に顔をゆがめ、肯是《こうぜ》のうなずきを返した。

善之助と色川は驚きのあまり、声も出ないほどである。

ようやく色川が声を入れた、

「な、ならば、二十年前、竜尾師匠は薩摩の……」

「言うなっ。これは他言無用じゃぞ。まだ、儂の推測に過ぎぬゆえ」

「も、もちろん」

返したのは善之助だった。やはり、驚いた口調である。

右善はつづけた。

「薩摩藩の届けがあいまいなものだったから、話が南町だけにとどまり、北町までながれて来なかったのだろう。薩摩藩士の敵討ちなど、北町じゃまったく聞かなんだからのう」

右善はひと息入れ、

「そこになにゆえ老中の松平家が、問合せをして来たかだ」

「右善さまは、いかに解釈なされますか」

色川が、右善に視線を据えなおした。みずからも疑念を覚え、それで南町の同輩に問い合わせたのだ。

冬場の日足《ひあし》は短く、外はすでに暗くなり、部屋の明かりは行灯のみとなっていた。

右善は苦痛の表情をそのままに、

「思うに、まさしくご政道の鑑《かがみ》だ。文武奨励のなあ。それが、まっとうな敵討ちだったなら……だが」

「あっ」

色川が得心したように声を上げ、

「ふむ」

と、善之助もうなずき、

「どういうことで……？」

藤次が三人に視線をながした。

松平定信が田沼意次《たぬまおきつぐ》を蹴落《けお》とし、老中の座に就いたのは、この秋口のことだった。

就くなり、

「──見よ、田沼の治世を。世上に会うは道楽者に驕奢《きょうしゃ》の者、ころび芸者に山師がごとき者どもばかり。出会わぬは武芸学者に、奉公に律義《りちぎ》なる人々」

と、田沼治世を〝世の頽廃《たいはい》〟と断じ、これからの治世は締めつけと文武の奨励であることを示唆《しさ》したものだった。それを説明され、

「ああ、なるほど。そこへ秘かに合力し、苦節二十年、見事父の敵を討ったり……と来りゃあ、武芸に武士道の手本になりまさあ。ご老中はそこに敵討ちを利用しようと。あっ、いけねえ」

藤次は言って口を手でふさいだ。〝敵討ちを利用〟などとは、老中を揶揄《やゆ》していると取られかねない言葉である。

「あはは。いいんだ、いいんだ。そのとおりなんだからなあ。まあ、お菊さんのときは、老中に就いたばかりで、まだご政道に具体的な策が定まっていなかったから、食指を動かすまでにはいたらなかったのだろう」

右善は解説でもするように語り、善之助も色川もうなずいた。外では話せない、この四人だけのあいだで交わされる会話である。

そうであろう松平定信の思惑を、藤次も解した。二十年前の奉行所の記録を調べるなど、老中なら若年寄に命じればすむことである。それを藩邸を通じて問い合わせた

のは幕府の目付ではなく、

「藩の誰かがいずれかの駕籠屋から話を聞き、藩邸でご注進に及んだからだろう」

と、右善がさらりと言ったのへ、善之助も色川も異議をはさまなかった。藩の誰かとは、およそ横目付の手の者であることも、容易に察しがつく。もちろん藤次も含め、幕府の組織ではなく藩邸が動いているのが、討手を薩摩への間者に仕立てようとしているなど、この離れに膝をそろえる四人の想像の範囲外であった。さらに藩邸の者が南町奉行所に問合せ、届けのあったことは確認できても、詳細が記されていなかったことに戸惑いを感じたろうが、

「二十年も前のことだから、と深くは考えなかったのだろう」

「おそらく」

右善がつづけて言ったのへ、色川が同感のうなずきを入れ、

「したが、薩摩藩の横目付あたりがどこまで嗅ぎつけているかが問題ですぞ。〝敵《かたき》〟が〝女医者の形《なり》〟をしているかもしれないことまで聞き出していたなら、早晩ここにも目をつけて来ましょうぞ。討手かもしれぬ三人連れの存在にも気づき、その素性も掌握することになりましょうか」

「そこじゃ、儂が懸念しておるのは」

右善の返答に、ただでさえ緊張を徐々に高めていた空気が凍《い》てついた。部屋の誰もが最悪の事態を脳裡に浮かべたのだ。四人とも、手焙りに手をかざしていない。かざそうともしない。

藤次が凍《こお》った緊張を振り払うように言った。

「きょう近くまで来たという三人連れ、大旦那がついていりゃあ、返り討ちにできやしょう。そんなの、簡単じゃござんせんかい」

「薩摩の加勢がついているかもしれんのだぞ」

と、善之助。わが身になって心配する口調だった。

「馬鹿者！」

右善は言った。大きな声ではない。腹から絞り出したような声だった。その声のままつづけた。

「不意打ちだろうが夜討ちだろうが、斬り抜けることはできる。たとえ薩摩が加担していようとな。だが、そのあとどうなる。竜尾どのはもう、おっと、もしそうであったならのことじゃが、ここには住めなくなるのだぞ。この江戸にもなあ」

「そのとおりです。それで、右善さま……いかように。なにがしかの算段は」

色川矢一郎が問いを入れた。善之助と藤次の視線も、右善に集中した。

それらの視線に右善は応えた。

「逃げる。竜尾どのを連れてな。乗りかかった船だ。儂は竜尾どのについて、鍼の道を究《きわ》めたいのだ」

「鍼の道はともかく、事態は切迫していると見なければなりませぬぞ。いつ、姿をお隠しになります」

色川が言い、三人の目はさらに右善に釘づけられた。

「しっ」

右善が叱声を吐くのと同時に、玄関口から声が入った。

「熱燗《あつかん》の用意ができましたじゃ。これであったまってくだせえ」

留造だった。一升徳利《とっくり》を提げ、器用に新たな四人分の湯飲みと提灯を持っていた。

「おう、これはすまねえ」

藤次が腰を上げ、玄関の上がり框《かまち》で受け取った。

竜尾に言われ、物見《ものみ》に来たのだろう。

話は聞かれていないはずだ。

留造の提灯が遠ざかるのを確認してから、藤次がそれぞれの湯飲みに熱燗を満たした。かすかに湯気が立ち、酒の香が部屋に満ちた。このあとまた、肴《さかな》を持って来るかもしれない。

それぞれがありがたそうに湯飲みを口に運び、

「うーっ、たまんねえ」

留造が声を上げ、話は再開された。

「いつ、逃げるかだったな」

「はい」

と、善之助。

「それは竜尾どのが儂に、みずからすべてを話したその日になるだろう」

「ですから、それはいつ」

また色川が問いを入れた。

右善は応えた。すでに意を決したか、かえって落ち着いた口調だった。

「それは、竜尾どのにしかわからぬ。いずれにせよ、ここ数日のことじゃろ。留造とお定のことも考えねばならぬし、竜尾どのも心の整理が必要じゃでなあ」

「ううっ」

うめいたのは善之助だった。呑まずにはいられないか、湯飲みをまた口に運び、藤次がまた身を乗り出してそこに一升徳利をかたむけた。色川もあおるように干し、すぐ藤次が満たした。藤次も呑んでいる。

留造が寒い中をまた来た。干物《ひもの》の魚を焼いたのが皿に載っている。やはり竜尾は、離れでの話が気になるようだ。

留蔵の足は遠ざかり、話は再開された。

「なあに、身を隠しても、おまえたちには落ち着き先が決まれば知らせるゆえ」

「…………」

三人は無言だった。熱燗がいくらかぬる燗になり、それを満たした湯飲みばかりが動いていた。

沈黙を破るように右善が言った。

「そうそう。おまえたち、まだ話があるのではないか。鈴ケ森の一件はなにか進捗《しんちょく》はあったか」

「いえ、なにも。それを逆に父上に訊きたいと思いまして」

応えたのは善之助だった。酒がなかったなら、その顔は蒼ざめていたことだろう。

「ふむ、そうか。伊勢屋の紗枝と辰之助の敵《かたき》が、儂の手で討てそうにないのが心残りじゃが」

その言葉に部屋の空気は、身がほてって来たのとは逆に、いっそう凍てついた。

三人が弓張の御用提灯を手に、外気に白い息を吐いたのはそのあといくらか経てからだった。離れの玄関を出てすぐのところにある、裏の勝手口から出た。ゆっくりと揺れる三張の御用提灯に、筋違御門の番士たちは怪訝《けげん》な表情になったことであろう。来たときのように、色川が声をかけることはなかった。神田の大通りに入った。とっくに人気《ひとけ》はなく、揺れるのは御用提灯ばかりで、三人の胸中は強張《こわば》っていた。

　右善はもうひと口、自分で徳利をかたむけた湯飲みをあおってから行灯の火を吹き消し、夜具にもぐりこんだ。

　口の中でつぶやいた。

「とうとう言ってしまったなあ」

　同時に、脳裡に竜尾の声がめぐった。

「――そのときに至れば、わたくしのほうから話します」

　確かに竜尾は言ったのだ。

（あすか、あさってか。手遅れになってはいかんぞ、竜尾どの。儂がおまえさんを護るためにもなあ）

　胸中に念じた。

　手を伸ばし、壁に立てかけている刀を、そっと蒲団のほうに引き寄せた。

三

朝餉《あさげ》の座で、右善と竜尾の身構え方が、きのうとは逆転していた。きのうは右善が竜尾になにかを訊こうとするのを、竜尾がしきりにはぐらかそうとしていたが、きょうは無言で座についた右善に竜尾が、

「きのうは色川さま、珍しかったですねえ。同心姿のままでお越しになるなんて」

「そう。いつも職人姿なのに、一瞬あたしも見間違えましたよ」

お定が椀に味噌汁をそそぎながら言った。

「そうだったなあ」

「遅くまでいらしたようですが」

と、竜尾。

「ああ」

「松平さまのご政道のお話のようでしたが」

「それ、わしも感じましたじゃ。なにやら切羽詰まったような」

留造がつないだのへ、

「ああ。あの熱燗、ありがたかった。藤次などは大喜びでなあ」

「それで、ご政道がいかようにｌ」


「それで、ご政道がいかように」

　と、また竜尾。

「それさ。いまは始まったばかりだから、まだ町々に変化は見えぬが、そのうちあらわれよう。いろんな方面に締めつけが始まり、世の中は息苦しくなるかな。まず最初は文武、文武とうるさくなり、華やかさが江戸から消えようかなあ」

「なんですかい。その、ブンブ、ブンブと蚊《か》みてえのは」

　と、また留造。話は竜尾が右善に問いたいことから離れはじめた。右善はここぞとばかりに、

「つまりだ、諸人《もろびと》がむだな贅沢《ぜいたく》や遊興《ゆうきょう》に走るのを取締り、代わりに学問と武芸をうるさく推奨するようになるということだ。そのための取締りをどこまでやるか、奉行所の者はみんな、いまから思い悩んでいてなあ。昨夜もそれの手加減をどのくらいやればいいのか、その相談だった」

「さようですかい。贅沢や遊興なんざ、わしらには縁遠い話でござんすが、ブンブなら、ほれ、この秋口の、まだ残暑の残るころでやしたが……」

　留造の言葉に右善はさらに乗り、

「ああ、あのお菊さんの敵討ちか。いまそんなのが起こってみろ。ご政道が飛びついて、やれ武士道だ、やれ武門の誉《ほま》れだなどと持ち上げ、派手に喧伝《けんでん》するだろうよ。儂ゃあ、そんなのに利用されたくないでのう」

語ると、反応を見るように、竜尾の顔にちらと目をやった。

(語ってくれぬか、そなたの来し方を)

言っている。二人の攻守はふたたび逆転した。

竜尾は瞬時、右善の視線から目をそらせてから、またちらと見た。二人ともご飯の碗と箸を手にしている。

(そのうち)

(うむ)

語っているように思えた竜尾の目に、右善は目で応じた。

午前の療治が始まった。

権三と助八が、足のむくみを訴える婆さんを運んで来た。例によって右善が、

「さあ、儂の肩につかまりなせえ」

「旦那ア、もったいないよう」

と、待合部屋に運んでから縁側に出ると、

「さいわい、ゆっくり運ばなきゃならねえお人だったもんで、その分あたりをきょろきょろ見ながら歩を進めやしたぜ」

「坂上で会ったあのお三方《さんかた》、きょうも来ていねえかと思いやしてね」

権三と助八が交互に言う。声は療治部屋の竜尾にも聞こえている。

右善はうなずき、縁側から庭に下り、

「あっちで聞こう」

と、二人の肩を庭の隅のほうへ押した。待合部屋にも、さきほどの婆さんも含め患者が二人ほど入っているのだ。

「へえ」

と、権三と助八は、その話が大きな声で話してはならないことに気づき、すなおに従い低声《こごえ》になった。

「見つけたら、こっちから声をかけてやろうと思いやしてね」

「おめえさまがた、なにを勘違いなさっておいでで、と言ってやるつもりでさあ」

二人は言う。敵《かたき》が医者に化けているか、その親族かもしれないのが〝女医者の形《なり》〟をしているかもしれないという、きわめて曖昧模糊《あいまいもこ》としている話と、その討手《うって》らしい家族のような三人連れを、権三と助八は〝勘違い〟と見なしている。

(そう、勘違いだ。それでいい)

右善は思い、

「きょうはあと二、三人、患者を運ぶだろう。いずれも近場ばかりだから、周囲に気をつけてくれ。ただし見つけたら声をかけず、知らぬふりをしてやり過ごし、そっと帰《けえ》って来て儂に知らせろ」

「へえ、ようがすが。あっしらからもひとこと言ってやりてえですぜ」

「権よ、旦那に言われたとおりにしようぜ」

「そりゃあ、まあ。わかってらい」

と、権三と助八はふたたび駕籠を担ぎ、つぎの患者を迎えに冠木門を出た。浪人の家族らしい三人連れを直接見ているのは権三と助八だけで、坂上の茶店で声まで交わしているのだ。三人連れがたとえ一人で近くへ物見に来ていても、この二人なら気づくだろう。

療治部屋へ戻ると、竜尾が話を聞きたそうなそぶりを見せる。だが、療治部屋に患者が途切れることはなく、鍼を打つ患者と灸を据える患者が二人になることもある。

そこに右善は薬研を挽きながら言った。

「ああ、このまえ明神坂の茶店で、療治処《こ こ》の評判を三八駕籠に訊いたという家族連れが近くに来ていないか找《さが》したが、いなかったそうだ。また見かけないか気をつけておいてくれと言っておいた」

「そう」

竜尾は短く返した。

このあと、権三と助八は患家《かんか》と療治処を二、三度往復したが、三人連れを見かけることはなかった。

町場へ客を拾いに出るとき、権三と助八は言った。

「きょうは遠出せず、できるだけ近場をながすようにしまさあ。まあ、遠くへ行くお客がついてくれりゃあ、話は別でやすがね」

「なあに、顔は知ってまさあ。どこで会っても、たとえ一人でもわかりまさあ」

「ほう、そりゃあ頼もしい」

右善が言ったのへ、

「無理はしないでね」

竜尾は言った。知りたいという意志表示である。

午後の往診に、きょうは産後の肥立ちが悪いという武家の内儀を診る予定があり、薬籠持にお定を連れて行った。竜尾は頼まれれば、産婆《さんば》をすることもある。そのときの薬籠持はいつもお定だった。

右善が残った療治処では、例によって留造は庭掃除だの台所のかまどの修理だなどと、右善のそばに来なかった。

この日、曇り空で風もいくらかあり、縁側ではなく障子を閉め切った療治部屋の中で薬草学の書物を書見台《しょけんだい》に開き、薬草を薬研のまわりにならべていた。

心配だった。家族らしい三人連れが討手なら、この療治処に目をつけていないはずはない。元同心とやらの用心棒を避けるため、

(外まわりの途中を待伏せし、名乗りを上げられたなら)

竜尾に心得があるとしても三対一である。薩摩藩士の加勢がなくとも、お定がゼイゼイと駈け戻って急を告げ、駈けつけたときには、

(討手は本懐を遂げている?)

右善の背に冷たいものが走り、身をぶるると震わせた。ひたいには汗が出ている。

きょうの往診は外神田で神田川が大川(隅田川)にそそぎこむ手前の佐久間町《さくまちょう》で、武家地を包みこむように形成された町場である。患家はその町場と武家地だった。近

くに伊勢津《いせつ》藩藤堂家《とうどうけ》三十二万四千石の上屋敷がある。

討手が名乗りを上げるには、町場より武家地のほうが適している。町場なら物見高い野次馬が集まり周囲が混乱し、逃げられないとも限らない。武家地なら人通りも少なく、敵討ちとあっては周囲の屋敷の支援が得られ、たとえ心得のある相手でも確実に討てる。

「いかん！」

右善は声に出し、書見台の書物を閉じ、奥に向かって声をかけた。

「おおい、留造」

「へえ、すいません。いま手が離せやせんので」

即座に返って来た。奥で留造は退屈を持て余していたのだ。そこへ療治部屋の右善から声がかかった。悪い予感がしたのだ。

右善は解した。

「もう、しょうがないやつだ」

つぶやき、

「そうではない。ちょいと心配でなあ。これから佐久間町を見て来るで、きょうの患家の場所を教えろ」

「あ、さようで」

留造は解し、急ぐように奥から出て来た。

留造はいつも患家に薬草を届けており、およそそれらの名も場所も知っている。きょう往診する患家は知らなかったが、佐久間町のそれらしい家を数軒聞き、武家は二箇所で、その片方で産後の内儀を診ることになっていた。

薬草掘りの苦無《くない》ではなく、大刀を腰に急いで冠木門を出た。

「お気をつけなさんして」

と、留造は往還まで見送りに出た。ここ数日の動きから、留造もやはり心配なのだ。

神田川に沿った往還である。

急いだ。

(ふむ、この道のり、お定がよたよた駈けて戻るには、ちょいと無理があるか)

思いながら大股に歩を進めているうちに佐久間町に入った。町場を一巡し、竜尾たちの姿は捉《とら》えられなかったが、騒ぎのあったようすもなかった。

武家地に入った。竜尾たちは患家に入っているのだろう。見当たらなかった。騒ぎのあったようすもない。いかに閑静な一帯であっても、敵討ちなどがあれば近くの屋敷が討手を天晴《あっぱ》れと一時保護し、役人が出張《でば》って現場を検証しているはずだ。

右善はホッと息をつき、再度、佐久間町を一巡し、帰途についた。

明神下の湯島の通りに戻った。

(この町でなら、住人たちが竜尾どのをかばってくれようかなあ)

などと思いながら冠木門をくぐったのは、雲のかかった空に、うっすらとした陽が西のほうにかたむきかけた時分だった。寒さが一段と増して来る。

縁側から療治部屋に入ると、留造がすぐ奥から出て来て、

「右善の旦那、さっきみょうなお客がめえりやして」

言いながら、鍼の稽古代への警戒もなく、右善の前に座りこんだ。よほど話したいことがあるようだ。

「ほう、みょうな客人《きやくじん》とはいかようような」

「それが、ついさっき帰《けえ》りやして。もう少し早けりゃ、旦那も会えやしたぜ」

部屋の中は火鉢に炭火があり、暖かかった。

「だから、いかような」

「へえ、女人《によにん》でやして。それも若え、お武家のご妻女のようで」

「なに」

右善は権三たちが言っていた三人連れのうちの若い女を連想した。

「縁側で話すには寒いし、それに相手はお武家のようじゃったので、この部屋に上がってもらったのでさあ。なんでも年老いたお父上が、足腰がすっかり弱くなり、鍼でもとにもどろうかと」

「それでおまえが応えたのか」

「いえ、お師匠がいればわかるから、あしたの午前にまた来なせえと。そんなら、このお師匠は女と聞くがまことかと。さようでと応えると、歳やここに療治処を構えてどのくらいになるかとか、用心棒のようなお人がおいでと聞くが、どんな人かなどと。わしゃあ、ありのままに応えましたじゃ。そのほか、この療治処のことをさまざまと。そのお人が帰《けえ》ってから、わし、ハッと気がつき、しゃべり過ぎたような気がして、いかんかったじゃろか。お師匠になんと言うたらいいか……」

「どんな女性《にょしょう》だった」

「へえ。地味な衣装で、化粧っ気もなく、髪《かみ》は髷《まげ》だけでなんの飾りもござんせんでした。おそらくご浪人さんのご妻女かと……」

聞きながら右善は、

（ふむ。物見《ものみ》に来たか）

確信に近いものを感じ、

「よく応対してくれた。案ずるな。父君を診てもらうのに、頼りになる鍼医かどうか、確かめておきたかったのだろう。その話、儂から師匠にしておこう」

「へえ、それはどうも」

と、留造は話すと奥に戻った。稽古代を警戒したのではなく、そろそろ夕餉の用意をしなければならない時刻である。

（二人が物見に来たのなら……）

いま佐久間町に出ている竜尾の身がますます心配になってきた。

（やはりもう一度、見に行こう）

腰を上げ、ふたたび大刀を絞り袴の腰に差し、

「留造」

また奥に声を入れた。

返って来た。

「いま手が離せやせんじゃ。かまどに火を入れやしたで」

ほんとうのようだ。

「竜尾どのとお定を迎えに、もう一度佐久間町に行って来るぞ」

「へえ。お願《ねげ》えしますじゃ」

留造もさっき来た武家らしい質素な女が、権三たちの言っていた三人連れの一人と判断し、だから右善に詳しく話したのだろう。

四

踏み石に下り、草履をつっかけようとしたときである。

縁側に出た右善は心に誓った。

（儂は護《まも》るぞ、竜尾どのを。どんなことがあっても）

「ほうっ、ほうっ」

「ほっ、ほっ」

三八駕籠が軽やかに冠木門を入って来た。かけ声で空駕籠であることがわかる。

（さては、見たか。三人連れを！）

縁側に立ったまま思ったのと同時だった。前棒の権三が、

「あ、旦那、そこにおいででしたかい。ちょうどよかった。見やした、見やした、見やしたぜっ。三人連れの一人を」

「そう、あの若い女人《にょにん》でさあ」

後棒の助八がつなぎ、二人は駕籠尻を右善の立っているすぐ前につけた。療治部屋にも待合部屋にも患者はおらず、声を低める必要はない。

「いつ、どこで！」

「ついさっき。おもての湯島の通りを、ご聖堂の裏っかわの」

聖堂の裏側といえば、療治処のある湯島一丁目から道一本でつながる湯島三丁目である。そのまま往還を進めば加賀《かが》藩前田家百万石の上屋敷の前を経て中山道《なかせんどう》となり、その手前を西へ折れれば御三家の水戸《みと》藩徳川家三十五万石の上屋敷の前をへて、伝通院《でんづういん》のある小石川《こいしかわ》に出る。

右善はとっさにその地形を脳裡に描いた。間違いなく三人連れのなかの女人だとすれば、家族がねぐらを置いているのは、その方面ということになる。

「で、どのような身なりだった」

と、右善は縁側で権三たちと目線が合うように、大刀を帯びたまま腰をかがめた。

声が聞こえたか、奥から留造が縁側に出て来て、

「やっぱり権《ごん》さんと助《すけ》さん。その女人、身なりは質素でお武家のようじゃったろう」

確認するように言った。

留造と権三たちのやりとりになった。

右善は黙って聞いている。

双方が言う女人は、間違いなく同一人物だった。

（ふむ。ふむふむ）

と、右善はあらためて確信を持った。明らかに三人連れの一人が、療治処へ探りを入れに来たのだ。

同時に、

（なぜ尾《つ》けなかった）

と、二人を叱りつけたかった。だが午時《ひる》分に、見かければそっと知らせよと言ったのは自分なのだ。権三と助八はそのとおりにした。叱るどころではない。褒《ほ》めて礼を言わねばならない。

「いけねえ、かまどに火を入れたままじゃ」

留造は慌てるように奥へ戻った。

「ご苦労だった。よく知らせてくれた。その話、役に立つぞ」

「へい、これでよろしけりゃ。おう、兄弟《きょうでえ》。きょうはもうゆっくり湯に浸かろうぜ」

「おう。そうしょう。さっきご聖堂の前《めえ》で、中間《ちゅうげん》を連れた石高《こくだか》の高そうなお武家を拾い、それが加賀さまのお人で、たんまり酒手《さかて》をもらいやして。その帰《けえ》りに、件《くだん》の女人とすれ違ったのでさあ」

「そうなんで。あしたも目を皿にしときまさあ」

と、二人は軽やかに駕籠を担ぎ、冠木門を出て行った。縁側にいるのは右善一人だったが、留造に権三、助八たちも、鍼の稽古代を警戒したからではなさそうだった。

(うーむ。やはり、来たか)

右善は胸中にうなり、

「そうだ。行かねば」

と、庭の踏み石に飛び下り、草履をつっかけ、急ぎ足で冠木門を出た。

「ん？」

前方で、門から出て来た右善を避けるように、素早く身を角に引いた武士が目に入った。その角の前に右善はさしかかった。すぐ前方が神田川に沿った往還である。もちろん右善はじろりと見たりはしない。通り過ぎるのに、なにも気づかなかったふりをして、横目でちらと見た。枝道の角から武士が二人、前を通り過ぎる右善を凝《じ》っと見ていた。

(物見に練達した連中ではないな)

思いながら歩を進め、

（背後にまわってあとを尾け、正体を確かめるか）

考えたが、いまは竜尾の事なきが第一である。

（このようなとき、藤次がいてくれれば）

思ったものである。

そのまま湯島一丁目の通りに歩を拾い、神田川に沿った往還に出た。草履の鼻緒《はなお》の具合を見るふりをして背後を窺《うかが》ったが、往来人のなかに武士二人の姿はなかった。武士二人は、療治処そのものを窺っているのかもしれない。いま屋内にいるのは留造一人である。〝敵討ち〟に係り合う物見なら、かえって留造は安泰であろう。

神田川の往還に出てからすぐだった。

「おっ」

「あれあれ」

と、双方は同時に気づいた。前方に右善は竜尾とお定の姿を、竜尾は右善の姿を見つけたのだ。

「あぁ、師匠」

「これは右善どの。迎えに来てくだされたか」

と、竜尾は小走りになり、お定がそれにつづいた。

もともと右善は大股で早足に歩を進めていた。

双方は向かい合うように立ち止まり、追いついたお定が背後を窺うようにふり向こうとするのを竜尾が、

「これ、いけません。気づかぬふりをするのです」

「は、はい」

薬籠を抱えたお定は向きなおり、あらためて右善の顔を見るとホッとしたような表情になった。

「そちらも何かあったか」

「えっ。そちらもとは、療治処にも何かありましたのか」

右善が言ったのへ竜尾が問い返し、お定が、

「はい。もう、恐《こお》うて恐《こお》うて」

と、再度ふり返ろうとするのを、また竜尾がたしなめた。

右善がそのまま竜尾たちの背後に視線を投げると、

「なるほど」

六間《けん》（およそ十米《メートル》）ほど先に、若い浪人の姿が見えた。物陰にちらと身を隠したようだ。

「さあ、行くぞ。案ずるな」

右善はお定の背を押し、三人は帰りの道へ歩を踏み出した。竜尾が先頭に立ち、お定をはさむように右善が背後についた。

竜尾がすこし顔をふり返らせ、

「帰れば、話したいことがあります」

「儂もだ」

右善は返した。

竜尾の肩は緊張し、お定は怯《おび》えているのが、背後から見てわかる。

湯島一丁目の往還に入った。

右善は周囲に気を配った。さきほど武士が二人、身を物陰に置いていたところである。もういなかった。

冠木門を入った。

留造が、

「ご無事でございましたか」

玄関から飛び出て来た。その言葉に、お定はさらに怯え、

「右善さん」

と、右善をふり返った。

右善は往還の左右に視線をさりげなく配り、門を入ったところだった。怪しい影は認められなかった。

「なんですか、大げさに」

竜尾はたしなめるように言った。

療治部屋の障子が開き、なんと藤次が縁側に出て来た。

「へい、おじゃましておりやす。うちの旦那（善之助）に、二、三日、大旦那（右善）についておれと言われやしたもので」

「ほう、善之助が。ありがたいぞ」

右善が言ったのへ留造がつづけた。

「いまさっきお越しで。療治部屋に火鉢があり、あったかいのでそのほうでお待ちいただいておりやした」

気が利いている。右善の客なら離れに入れるのだが、時が時だけに母屋に一人でいるのが心細かったのだろう。

座は母屋の居間に移った。

一人分増えたが、夕餉の用意はすぐにできた。

外は薄曇りに陽が落ちたところだった。火鉢は療治部屋から居間に運ばれ、行灯にも火が入った。

それぞれが膳を前に、なにかを早く話したそうで、また聞きたそうでもあり、藤次を加えた五人すべてが落ち着かないようすである。

「わたしから話しましょう」

やはり母屋である。竜尾が座を仕切るように言った。

五

「きょう午過《ひるす》ぎ、ここを出たときから。おそらく、近くで見張っていたのでしょう」

「ですから、あたし、引き返して右善さんに知らせようと言ったんですよ」

竜尾が言ったのへ、すかさずお定がつないだ。

竜尾は冠木門を出るとすぐ、何者かに尾けられているのに気づいた。それが若そうだが百日髷《ひやくにちまげ》で筋目のない袴《はかま》に寒さ除けか厚手のくたびれた羽織を着けた、一見浪人者と確認したのは、湯島の通りから神田川に沿った往還に出たときだった。横ならびに歩を取っていたお定に、うしろへつくように言い、そのようにしたお定へふり返るふりをして確認したのだった。

ふたたびお定と横ならびになってそのことを話すと、お定は恐がり幾度もふり返ろうとした。

「――なりませぬ。そのまま前を見て歩くのです」

と、そのたびに竜尾は叱った。

「正直に言うと、わたしも怖かったのです。ここで引き返そうとすると、斬りつけられそうな気がして。人も大八車も荷馬も通っており、脇差でも持っていて最初のひと太刀さえ防いで大声を上げれば、まわりの人たちが駈け寄ってくれます。ですが薬草掘りの苦無《くない》さえ持っておりません。ただ、うしろを警戒しながら前に歩を踏む以外にありませんでした」

「もう怖ろしゅうて怖ろしゅうて」

またお定が言い、箸を持ったまま身をぶるると震わせた。

神田川に沿った往還に、人影が絶えることはない。それら人影のみが、防御の頼みだった。佐久間町に入ると、不意打ちをさけるため、できるだけ狭い路地を通った。

武家地に入ると白壁に肩がすれるほど、往還の隅に歩を踏んだ。

患家に上がっているときだけが、安堵を得るひとときだった。

「それだけ鍼を打つにも灸を据えるにも、神経を集中することができました」

「あたしゃ気が気じゃありませんでしたよ」

お定は言う。

同座している藤次は、黙って聞いている。

お定の懸念はあたっていた。患家を出ると、そのときはいなくてもすぐまた現われ、あとを尾けて来るのだった。それのくり返しで、薄曇りに感じられる陽の位置はかなり西に入り、茶店などでひと息入れることなく、最後の患家を終えるとすぐ帰途についたのだった。

お定がまた言った。

「どこか茶店に入り、そこの人に明神下まで遣《つか》いに行ってもらい、右善さんに迎えに来てもらいましょう、と」

「大げさになってはいけないと思いましてね。でも、帰途はいっそう緊張し、背後にずっと気を配り、歩を進めました」

竜尾はつないだ。あと数歩で湯島の通りというところで、迎えに来た右善と出会ったのだ。

右善はさっきの佐久間町で、すべての場において竜尾たちと行き違いになっていたようだ。

「ということは、わしが佐久間町のあたりを見まわっていたとき、その浪人者の目に触れていたかもしれんなあ」

と、こんどは右善が話す番だった。

まず、まだ薄曇りに陽が高いと思われる時分に一度、佐久間町と患家のある武家地に出向いたことを話し、

「その浪人者、儂とそなたらが湯島の通りに近いところで立ち話をしたのも見ていたことになる。確かにそのような者がそなたらの背後にいた。湯島の通りから脇道に曲がり、冠木門に入ったとき、その者の姿はもう見えなかった。そうそう留造、門扉《もんぴ》は閉めたか」

「あ、いけねえ。まだでやした」

留造は味噌汁の椀を膳に置き、急ぐように立ち上がり、

「あのう……」

と、藤次に目をやった。一同にはすぐわかった。外はもう暗く、人通りもない。一人で行くのが恐いのだ。

「あはは。一緒に行ってやるぞ」

と、腰を上げた藤次に右善は、

「脇差も十手《じって》も持っていないようだなあ。これを持って行け」

と、腰から外し、脇に置いていた大刀に手を伸ばし、藤次に手渡した。

「へい」

と、受け取った藤次は、さりげなく腰に差した。

母屋から庭を経て冠木門を閉めに行くだけである。この行為が、座の緊張をいっそう高めた。だが、刀は必要だった。すでに庭に入り、物陰に潜んでいるかもしれないのだ。緊張した空気をやわらげるためか、右善は部屋を出ようとする藤次に言った。

「善之助はおまえをここへ寄こすのに、長尺《ながしゃく》十手は渡さなかったのか」

「へえ、あっしは持って行きたいとお願いしたのでやすが、旦那はならぬ、と」

「あはは、融通の利かぬあやつらしいなあ。儂なら持たせるのだが」

〝敵討ち〟は、いわば私闘である。児島善之助の感覚では、そこに公儀である十手を持ちこむなどできない。まして戦闘用の長尺十手などはそうであろう。鋼鉄で脇差ほどの長さがあり、刀と渡り合うこともできるのだ。

留造は手燭を手に、藤次のうしろにつづいた。

閉めるまえに往還にも出たが、暗いなかに人の影はなく、庭も隅まで手燭の灯りで照らしたが、人の潜んでいる気配はなかった。

二人が座に戻り、ふたたび右善は話しはじめた。留造は緊張した。それを隠すように箸を動かし、みそ汁の椀を口に運んだ。昼間訪ねて来た、三人連れの一人に違いない女人の話が出ると思ったのだ。だが、右善が最初に言ったのは、竜尾とお定を迎えに行こうと冠木門を出たとき、

「浪人ではない、れっきとした武士が二人、明らかに療治処《うち》の門を窺っておった。気にはなったが、そのまま竜尾どのたちを迎えに行ったのだ」

「えぇえ！」

留造が声を上げた。初めて聞くことである。そのあいだ留造は、療治処に一人だったのだ。

「ははは、何事もなかったろう。ないと思うたから、そのまま神田川のほうへ迎えに行ったのだ」

右善は藤次に視線を向け、

「そのときおまえがいたなら、いまごろその武士二人の正体は判明していたところなのだがなあ」

「へい、来るのが遅れやして申しわけありやせん」

「いやいや、謝ることはない。武士二人のことは、儂もおまえもまったく予期せぬことだったゆえなあ。その二人は、儂らが帰って来たときにはもういなかった」

「まあ、さようなことが」

と、竜尾。表情に緊張の色がますます濃くなってきている。

「ま、その二人が何者か気にはなるがな」

右善はつづけ、

「儂が佐久間町のほうへ行っているときだったらしい」

「さ、さようで」

と、留造。申しわけなさそうな表情になっている。いよいよ探りを入れに来た、あの女人の話に入った。

「留造、儂から竜尾どのに話すと言ったのだが、こういう成り行きになった。すまねえがおまえから話せ」

「へ、へえ」

留造は話した。

聞きながら、竜尾はときおり首をかしげている。右善が話しているときもそうだった。それが右善には気になっていた。

留造が、

「へえ、どうも、しゃべり過ぎやしたようで」

と、恐縮の態《てい》で話し終えると、竜尾は言った。

「なにかの探りのようですが、いったいなんなのでしょうねえ」

ほんとうに判断しかねているようで、首をかしげるのも決して芝居には思えなかった。これには右善のほうが首をかしげたかった。

右善は言った。

「そのあと権三と助八が来てのう」

と、その女性《にょしょう》が権三と助八の言っていた三人連れの一人に間違いないことを語り、

「きょう竜尾どのとお定を尾けていた浪人も、その一人に違いなかろう。ということはだ、佐久間町まで尾けまわした若い浪人と、療治処に探りを入れに来た女性は、綿密に連携していたということになるなあ」

「まあ」

竜尾が声を上げた。その驚きようが、やはり右善には解らなかった。その疑念を胸の奥に収めたまま、さらにこの場で話しておくべきことに触れた。

「これは奉行所でわかったもので、藤次も知っていることだが、なにか係り合いがあ

るかもしれぬと思うてな……」

と、老中の松平家が、二十年前に薩摩藩から出された〝敵討ち〟の届けについて調べていたこと、その届け自体が実にあいまいな内容であったことを披露した。

「まったくそのとおり、実にあいまいな届けであったらしいですぜ」

藤次が合いの手を入れたのへ、右善はさらにつづけた。

「儂が見た二人の武士が、それと係り合いがあるのかどうかもまだ判らんが。それよりもだ、権三と助八が室町の溜り場で聞いたという〝敵討ち〟の話だ。あれもまったくあいまいで、内容がよう判らぬままだ」

このとき一瞬、竜尾の顔色が変わったのを、右善は見逃さなかった。右善がわざわざこの話をここで披露したのは、竜尾の反応を見るためだったのだ。

五人の膳はおおかたかたづいていた。

「老中さまがどうの、薩摩がどうのといった、そんな難しい話、わしらにはようわかりませんじゃ」

「そう、あたしも」

と、留造とお定は五人の膳を奥の台所にかたづけ始めた。

部屋は右善と竜尾、それに藤次の三人となった。

部屋は淡い行灯の灯りのみとなっている。

「どうじゃな、竜尾どの。そなた、時が来れば話すと言うておったが」

右善の目は竜尾へ射るように向けられている。

『うわさに言う〝女医者の形《なり》〟というのは、そなたのことではないのか』

のどまで出た言葉を、右善は呑みこんだ。問い詰めたくはないのだ。あくまでも右善は、竜尾の口からそれを聞きたかったのだ。

明らかに竜尾は、戸惑いを見せている。

藤次も黙ってそのような竜尾を見つめている。

竜尾にしてみれば、室町の溜り場でのうわさ以来、どうやら自分のことで周囲を巻きこんでしまっているのを自覚している。とくに右善にいたっては、深く親身になってくれていることが痛いほどわかるのだ。

居間には沈黙がながれ、台所のほうからは食器を洗っている音が聞こえる。

突然だった。

「はい」

竜尾は意を決したようだ。

食器を洗い終えたか、留造とお定が居間に戻って来た。

部屋の異様な雰囲気に気づいたか、

「ありゃ。皆さん、どうかなさいやしたかい」

留造が言い、お定も怪訝《けげん》な表情で、

「それはそうと藤次親分、内神田の、ほれ、鍛冶町の伊勢屋さん、どうなったんでしょうねえ」

手拭《てぬぐい》で手を拭《ふ》きながら、もとの座に腰を下ろした。

六

「ああ、そのことかい。殺されなすった紗枝さんと辰之助さんには申しわけねえが、まだなにもつかめちゃいねえ。だが、忘れたわけじゃねえ。うちの旦那も色川さまもそう言ってなさる」

藤次がお定に応え、留造がまたなにか言いかけたのを、

「いまは、それよりも、もっと身近な話だ」

右善が手で制し、

「さあ、竜尾どの。もう心の整理もついたと思うが」

あらためて視線を竜尾に向けた。留造とお定が同座しているが、場合によってはこの老夫婦の行く末にも関わることなのだ。

いつの間にか留造が行灯の灯りをもう一張《ひとはり》用意したか、二張《ふたはり》の灯りが小さな炎を揺らしながら、居間を照らしている。

竜尾は言った。

「留造さんもお定さんも聞いてください。本来なら、善之助さまも色川さまも、それに権三さんも助八さんも、わたくしのことを心配してくださっているかたがたすべての前で話さねばならないことなのですが」

「えっ、いってえなんなんですかい。なんならわしがひとっ走り、権さんと助さんを呼んで来ましょうかい」

留造が言った。

(余計なことを)

右善は心中に舌打ちしたが、竜尾は言った。

「えっ。そうしてくれますか、留造さん。ならば、お願いします」

「へ、へえ」

言ったものの、留造はいささか困った表情になり、また視線を藤次に向けた。

と、受けたのは右善だった。同時に藤次と目を合わせ、二人は無言でうなずきを交わした。藤次は若いころからずっと児島右善の岡っ引をつとめて来たのだ。視線を合わせるだけで、互いの考えを伝え合っていた。

さらに右善は言った。

「藤次、こんどもこれを持って行け。代わりに療治部屋に苦無《くない》があるから、それをこっちへ持って来ておいてくれんか」

「へ、へえ」

留造のほうが返事をした。

苦無は鋼鉄で打たれた、先端が尖った取っ手つきの土掘り道具である。それが療治部屋にある。薬草採りで根を掘るときに使う。小型のものは手の平に収まるほどで、戦国の世には忍者が飛苦無《とびくない》として手裏剣代わりに使っていた。それとおなじものを、竜尾は愛用している。もちろん根を掘るためだが、それがなぜか幾本もある。

右善が言った苦無がそれでないことは、留蔵にもわかった。手燭を手に、藤次にもつき添ってもらい、療治部屋から持って来たのは大型の苦無だった。長尺十手ほどの寸法があり、けっこう重い。十手と異なるのは、鉾《ほこ》のような形状をしており、先端が尖っていることである。武器として使えば、まさしく十手と異なり、相手を刺すこともできる。

「あらあら、さようなものを」

竜尾は言ったが、部屋の緊張は溶けなかった。刀だ苦無だなどと、さきほどから緊張が増すばかりだったのだ。しかも、留造と藤次が療治部屋から持って来たのは、一本しかない大型の苦無と小型の苦無が五本だったのだ。おそらく藤次が留造に言ったのだろう。大型の苦無は藤次が右善に手渡したが、手裏剣にもなる小型のものは、留造がそっと竜尾の膝《ひざ》の横に置いた。

「さあ、行くと決まれば早う」

「へいっ」

右善が催促したのへ藤次が返し、

「それじゃ、行きやしょうかい」

「へ、へい」

留蔵の返事は、さきほどから緊張しっぱなしだった。

留蔵が提灯を持ち、藤次はふたたび右善の大刀を腰に差している。

部屋には右善と竜尾とお定の三人になった。お定はさきほどからの意外な展開に、怯えた表情になっている。昼間、外でずっと得体の知れない浪人に尾けられていたのだ。いま部屋の中が、そのときの延長のようになっている。

右善は藤次たちが戻って来るまでのあいだに、ようやくすべてを話す気になった竜尾が、心変わりしないかと心配だった。

だが、竜尾は言った。

「これで善之助さまと色川さまがそろえば、申し分ないのですけどねえ」

「そりゃあ無理でございますよ。これから八丁堀までなんて」

真剣な表情でお定が言った。

「おほほ、たとえばのことですよう」

竜尾は笑いながら返した。心変わりはなさそうだ。

そこで右善はおもむろに、藤次を外に出した目的を話した。

「まっ」

と、竜尾は困惑の色を表情に走らせたが、納得した。お定も驚いている。権三と助八を呼びに行くためではなかった。それを右善と藤次は目を合わせ無言でうなずき、通じ合っていたのだ。

　留造は寒さ除けに手拭で頬かむりをした。提灯を手に、これで首から火の用心の拍子木でもかければ、木戸番小屋の木戸番人である。十年前、竜尾が療治処をこの地に開くまで、留蔵とお定の夫婦は、明神下の木戸番人だったのだ。だから町のようすにはことさら詳しい。

　玄関を出た二人は、

「裏の勝手口から出やしょう」

　と、藤次が言い、白い息を吐きながら庭をぐるりと右善の離れまで一巡するかたちとなった。ゆっくりと歩を取り、そのあいだに藤次は、あらためて庭や母屋や離れの陰に、人の潜んでいる気配のないことを確認した。

　さらに藤次は、勝手口の板戸をさっと開け素早く外に出て足を止めるなり身構え、刀の柄《つか》に手をかけた。

（さすが岡っ引）

　留造は感じ、つづいて勝手口を出て路地に立った。寒さに肩をすぼめ、

「こっちだ」

　と、歩を踏み出した藤次に留造は、

「あ、親分。そっちじゃねえ。こっちですぜ」

と、権三たちの長屋とは逆方向に向かおうとする藤次に声をかけ、提灯を行くべき方向にかざした。

「いや、これでいいんだ。声を落としなせえ」

「えっ？」

怪訝な顔になった留造に、藤次は白い息の出るのさえ惜しむような声を吐いた。

「いま、向こうに、人の影が走った。それも、一人じゃねえ」

「えぇぇ！」

「しっ」

驚きの声を洩らした留造に、藤次は叱声《しっせい》をかぶせ、さらに言った。

「普段どおり、夜道に提灯をかざして歩くように装《よそお》いなせえ」

「そ、そんなことを言っても、療治処やお師匠を狙っている輩《やから》かも、医者は儲かると思いこんでいる盗賊かも……」

「それを確かめるためにもでさあ」

藤次は提灯を持つ留造の背をそっと押した。

影は確かに、勝手口の不意の動きに反応したものだった。その影が走り込んだと思われる枝道の角にさしかかった。全神経を枝道の奥にそそぎこみ、通り過ぎた。気のせいではない。人の潜んでいる気配を藤次はすくい取った。

勝手口のある裏通りから、おもての湯島の通りに出る角を曲がった。影は、提灯の灯りが角を曲がったのを確認したはずである。

「止まれ」

藤次は言い、

「なんなんですかい」

「しっ」

また藤次は叱声を吐き、ふた呼吸ほど間を置き、

「えっ」

また留造の声だ。藤次がさっき曲がったばかりの、療治処の勝手戸がある往還に飛び出し、前方を窺うように片膝を地につき、身構えた。

あった。人影の動きである。驚いたように一つはその場に伏せ、あと一つが素早く板壁に張りつき、動きを消した。

「いってえ……？」

と、また提灯を手にした留造が出て来た。その灯りの動きは、確実に相手方の目に入っているはずである。

藤次は迷った。ここで飛び出して誰何《すいか》すれば、その場で斬り合い戦いになるかもしれない。留造は提灯しか持っておらず、戦力にはならない。相手の正体がわからないまま、一対二。不利であるばかりか、騒ぎになる。

(避けねばならねえ)

決し、

「行きやしょう」

「へ、へえ」

また留造の背を押し、ゆっくりと歩を取った。

湯島の表通りに出た。人気《ひとけ》はない。歩を進めた。権三と助八の長屋への方向だ。留造が言った。

「そう、この方向に進めばいいので」

進んだ。

だが、

「曲がるぞ」

「えっ」

留造はまた解せぬ声を洩らした。その脇道に入れば、療治処の冠木門の前に出る。

藤次は言った。

「尾けられている。いま三八たちの長屋に行ってみろや。やつらに、権三と助八が俺たちとつながっていると疑われ、あの二人に迷惑がかかっちまうぜ」

「そ、それは」

留造は全体のわけが解らないまま、そこだけは得心できた。

療治処への枝道に歩を踏んだ。留造が、相手にとっては格好の目印になる提灯を手にしたまま、しきりにふり向こうとするのを、藤次は幾度もたしなめ、ようやく冠木門の前に着いた。尾行している影は二人か、武士か町人か、確認できないままだった。もちろん、風体《ふうてい》など暗やみのなかにわかるはずがない。

潜り戸を叩いた。右善が長尺苦無を手に、門の内側まで出て待っていた。

潜り戸が開けられると藤次は留造の背を中に押し、自分も入るなり、

「裏の勝手口からここまで、つけ馬を引っぱって来やした」

「そうか」

藤次の短い言葉に右善はすべてを解し、潜り戸を閉め、耳をあて外の物音を窺ったが、押入る気配はなさそうだった。尾いて来た影どもは、提灯ともう一人の動きから、療治処も警戒し物見を出したものと判断したことであろう。実際、藤次は物見に出た

のだ。

「向こうさんも、物見だけのようだな」

右善はつぶやいた。ここで右善と藤次が飛び出せば、門前で互角の戦いになるかもしれない。相手の正体がわからないうち、それはすでに藤次が判断したように、避けねばならない。

座はあたたかい炭火のある居間に移った。

留造の全身が震えはじめた。外気の冷たさを、まだ身にためているからではない。これまで抑《おさ》えていた恐怖心が、一挙に出て来たのだ。

熱いお茶でひと息入れ、右善と竜尾の視線のなかに、藤次は裏の勝手口を出たところから、おもての冠木門の潜り戸に戻るまでを、

「湯島一丁目の町を一周しやした」

と、つぶさに語った。

話しているあいだ、留造の震えは止まらなかった。

竜尾は黙したまま、凝《じ》っと聞いていた。

聞き終え、右善は言った。

「二人か三人、風体も男か女かもわからなかったか」

「へえ、すいやせん」

「おめえが謝ることたぁねえ。町内をぐるりと引きずったは大手柄だぜ。何者かが療治処を探っていることが、これではっきりした。したがその者ども、浪人の家族と思われる三人か、それとも武士二人か、それも老中の松平家か、あるいは薩摩か」

右善は言うと、ちらと竜尾に目を向けた。

その視線に竜尾は応えた。

「やはり、きょうが話すべき時のようです」

影はまだ、周辺を徘徊《はいかい》しているかもしれない。

三　竜尾の信念

一

「いまから二十年ほど前のことになります」

療治処の母屋の居間である。

行灯《あんどん》二張《ふたはり》の淡い灯りのなかに、竜尾の言った年数は、松平家が係《かか》り合《あ》おうとしている、薩摩藩の届け出た〝敵討《かたきう》ち〟の時期と一致している。

右善は固唾《かたず》を呑み、竜尾を凝視した。最初の一言から、右善の心ノ臓は高鳴りはじめている。

藤次も留造もお定も、竜尾を見つめた。

そのなかに、竜尾の声はながれた。

「そのころわたくしは、鍼灸医の家系の、まだ二十歳《はたち》に満たない娘でした。家代々の決まりで、十歳のころから鍼の修行を始めました」

竜尾の鍼療治の技量から、それは右善にも容易に想像できることだった。留造もおと定も、

「どおりで」

「評判がいいはずですよ」

応《こた》えたものである。

右善はつぎの言葉を待った。

竜尾の口はさらに動いた。

「そのころ、わたくしの家は芝《しば》四丁目にありました」

「なんと！」

声は右善だった。芝といえば東海道の通る町であり、江戸湾の海辺に面している。神田明神下が江戸城の北東なら、芝は城の南西であり、おなじ江戸の府内でも遠く離れ、相互になじみのない土地である。右善が声を上げて驚き悪い予感を覚えたのは、そのような地形のことではない。

元隠密廻り同心の右善が、芝と聞いて念頭に浮かぶのは、海に面した薩州《さっしゅう》蔵屋敷《くらやしき》

がすぐ近くで、薩摩の藩邸である上屋敷もすぐ近くということである。

それを脳裡に描いた右善の表情に、竜尾は気づいたか、右善と目を合わせ、話をつづけた。

「そうなのです。わたくしの家の苗字は神尾《かみお》といい、わたくしの本名は竜《たつ》、神尾竜と申します」

「そ、それで竜尾《たつお》……さん、ですかい。また、なぜお家を離れて……」

驚いた藤次が問いを入れ、留造とお定も初めて聞く話に、目を丸くしている。

「それをいまから、話すのです」

と、竜尾は藤次に向けた視線を右善に戻した。

ますます悪い予感がしてくる。

(言うな！)

右善は胸中に叫んだ。だが、聞かねばならない。

竜尾は言った。

「家の場所が示しますように、神尾家は代々江戸にあって、鍼灸の町医者でありましたが、なかば薩摩藩お抱えで、藩からわずかながら禄《ろく》も食《は》んでおりました」

「えぇぇ！」

また声を上げたのは藤次である。

話がますます悪い予感に近づく。右善は無言で耐えた。聞かねばならないのだ。

「禄を食んでも、士分ではありませんでした」

「ほう」

と、右善は神尾家が、苗字はあっても士分ではなかったことに、いくらかの安堵を得た。御典医《ごてんい》でなくても、実積から藩お抱えとなり、禄を与えられるのは珍しいことではなかった。

話はつづいた。

「わたくしの父の名は常仙《じょうせん》、神尾常仙と申しました。母はそのとき、すでに鬼籍《きせき》に入っており、姉が一人おり、欣《きん》と申しました」

「申しましたって、もうおいでじゃござんせんので？」

留造が問いを入れた。夫婦で、もう十年も仕えているというのに初めて聞くことばかりで、頭がいくらか混乱しているようだ。お定も竜尾を見つめたまま、口をあんぐり開けている。

「黙って聞くのだ」

右善は叱るように言い、

「さあ、竜尾どの」

「はい、順を追って話します。不幸が起こったのは、二十年前でございました」

「ふむ」

右善はうなずいた。ようやく落ち着いて聞く用意ができたのだ。

竜尾は語った。

「薩州蔵屋敷の船手頭《ふなてがしら》に、荒波甲兵衛《あらなみこうべえ》というお方がおいででした。わたくしも存じ上げておりますが、いささか変わった人でございました。蔵屋敷において、藩の船を差配する役務のお人ゆえ、気の荒いところもおありになれば、一方において絵筆も握られるというお方でした。わたくしも一度、琉球《りゅうきゅう》に行かれたおりに描かれた絵を数点見せていただいたことがございます。椰子《やし》の木や榕樹《がじゅまる》など、初めて見る樹々《きぎ》で、そこになにか薬効はないかと思うまえに、なんと美しい！　と、南の国に憧《あこが》れを感じるほどでした」

前置きが長い。藤次はそこに焦《じれ》ったさを感じたが、右善は落ち着き、

（それだけ本題に重大なものが含まれているのだろう）

と、竜尾から視線を外《はず》すことはなかった。

前置きのようなものはまだつづいた。

「荒波甲兵衛さまには、お嬢さまとご嫡子《ちゃくし》がおいでで、わたくしより十年以上も年少のお子でしたが、甲兵衛さまは一度その二人を薩摩より船に乗せ、江戸にともなったことがありました。幼児のときから船に慣れさせておくためと言っておいででした。お子たちは三月《みつき》ほど蔵屋敷に滞在し、わたくしが姉のようになって江戸見物など、あちこちに連れて行ったものでした」

そのとき、幼い二人は神尾竜を〝竜姉《たつあね》〟と呼んでいた。

荒波甲兵衛なる者は、気の荒い水夫《かこ》たちをうまく使嗾《しそう》する一方、子煩悩《こぼんのう》で心根《こころね》のやさしいところもあったようだ。そこに絵心も。右善にはこの薩摩藩士が、子供を船に乗せるなど無鉄砲なところもあり、興味深い人物のように思えた。

不意に神尾竜こと竜尾の口調が硬《かた》くなった。

「その荒波甲兵衛が、わたくしの父、神尾常仙を殺害したのでございます」

「なんと！」

「げえっ」

右善は驚き、藤次も驚愕の声を洩らした。留造とお定は初めて聞くことばかりのなか、師匠の父親が殺害されていたなど、

「ええええっ」

と、口を開け、よだれがたれるのも気がつかないほどだった。

竜尾は敵持《かたきも》ちではなく、その逆の討手《うって》のほうだった……⁉

話はつづいた。

「なんでも甲兵衛さまが肩を傷め、その快癒《かいゆ》祝いにわたくしの父をまじえ、藩邸近くの料亭で一献酌み交わしていたときのことでした。悲劇はそのときに起こりました。甲兵衛さまがいきなり抜刀し、父に斬りつけ……絶命いたしました。そのあと甲兵衛さまは蔵屋敷に戻られたのですが、藩邸で荒波甲兵衛を処断すべきとの声が上がり、甲兵衛さまは逃亡なされました。ご嫡子とお嬢さまが、江戸におられなかったのはさいわいでした」

「ふむ。荒波甲兵衛なる者の抜刀が、理不尽なものだったのだな」

「はい。酒《ささ》が入っていましたし、父は幾月《いくつき》か前から甲兵衛さまに、胃ノ腑が疲れているゆえ、度を超されぬようにと諭《さと》していました。同座されたお人から聞いたのですが、そのときもその話が出て甲兵衛さまが機嫌を害され、ひと口あおるなり抜刀して斬りつけ、同座の方々は止めようもなかったそうでございます」

「ふむ。穏やかさと荒々しさの両面を持った人物は、その均衡が崩れたとき取り返しのつかぬ挙動を見せることがある。儂《わし》もそうした例はいくつか見てきた」

想像していた最悪の背景が消えたことに、右善の口調は冷静さを取り戻していた。

神尾竜こと竜尾は、さらにつづけた。

「わたくしは姉と、悲しみと向後《こうご》の不安に暮れておりましたところ、藩邸から呼び出しがありました。二人で参りますと、そこで江戸留守居役さまからいただいたのは、思いもよらぬ書状でございました」

江戸留守居は言ったという。

「――鍼医《はりい》といえど藩より禄を食《は》んでいたは、藩士たるの身分と見なすも苦しゅうない。汝《なんじ》ら女の身なれど、武家たるの一分《いちぶん》を立てよ。すでに江戸の奉行所にも届けた。よって、いずれの国に入るも自在である」

神尾家姉妹に示されたのは、〝敵討ちのため、致仕《ちし》せず領国を離れることも赦《ゆる》す〟と認《したた》めた、世にいう仇討《あだう》ち免許状である。

「なんと！」

右善は驚き、言った。

「なるほど、荒波甲兵衛は江戸から逃亡し、国の薩摩にも戻るまい。島津さまがいかに大藩といえど、他国にあっては手も足も出せぬ。そこで〝敵討《かたきう》ち〟の体裁をととのえ、探索をそなたら姉妹に託《たく》した。なんとも、酷《こく》なことよなあ」

「はい。もちろん、父を理不尽に殺されたのは悔《くや》しゅうございます。なれど、酷でございます。お留守居さまは、荒波甲兵衛の所在を見つければ知らせよ、ただちに腕の立つ助勢を差し向けるゆえ、とも申されました」

「ますます、そなたらに探索を押しつけたようなものだなあ」

「ちょっと待ってくだせえ」

留造が喙《くち》を容《い》れた。

「お医者が本道《ほんどう》（内科）だろうが金瘡《きんそう》（外科）だろうが鍼《しん》灸《きゅう》だろうが、腕を見込まれて殿さんから禄をもらって士分にってのはわかりまさあ。だがよ、お師匠は江戸生まれの江戸育ちじゃねえんですかい。増上寺《ぞうじょうじ》のある、あの芝の。薩摩といやあ日ノ本《ひのもと》の西の果てって聞きやすぜ。お師匠はそんなとこ、行ったこともねえはずですぜ。だのに、そこを〝離れることも赦す〟たあ、どういうことですかい」

「あはは、留造よ。敵討ちを公儀に届ける書状は書き方が決まっておってのう、どの届けも領国を中心にしており、そこから敵討ちの旅に出ることを想定しておるのだ。つまりこたびの件は、竜尾どの姉妹を敵討ちに駆り立てるため、藩邸はかたちをととのえたということだ」

右善は留造へ応えるのに笑い声が出るほど、心ノ臓が平常に戻っていた。

藤次が弾《はじ》けたように言った。

「わっかりやしたぜ、大旦那」

「なにがだ」

「薩摩の藩邸から南町奉行所に出された〝敵討ち〟の届けが〝この書状を持つ者〟とだけ記《しる》され、なぜ双方の名がなかったかでさあ」

「言ってみよ」

「へえ。師匠のお父上の神尾常仙さまが禄をいただいていたとはいえ、町医者でさあ。その娘が歴《れき》とした藩士を〝敵《かたき》〟とするにゃあ難がありまさあ。だから名は伏せられた。師匠が諸国を歩き、荒波甲兵衛を見つけ、薩摩藩士が助太刀のかたちで駈けつけ、討ち果たしてから土地《ところ》の役人にうまく説明すれば、なにぶん苦節幾歳月の美談でさあ。めでたい、めでたい、天晴《あっぱれ》なりと話はとおりまさあ。薩摩藩じゃ、言っちゃあなんですが、このこと、すっかり忘れているんじゃありやせんかい」

「おめえもきついことを言うじゃねえか」

「きつくはありません。そのとおりだと思います」

「うむ」

竜尾が言ったのへ、右善はうなずいた。得心したのではない。藤次の言ったのは、右善が竜尾の話を聞きながら思ったことでもあるのだ。そこへのうなずきだった。

ここまで来て、座は重苦しいなかにも、ひと息ついた雰囲気になった。

「あらあら、お茶がすっかり冷めてしまいました。淹《い》れなおして来ます」

「いや、熱燗《あつかん》にしろ」

お定が言いながら腰を上げたのへ、右善の言葉で留造も追うように座を立った。

竜尾は承知したように、笑顔になった。

「たまんねえ」

藤次の声だ。

右善は大きく息をついた。霧が消えても、まだ晴れを見たわけではない。いま目の前にいる神尾竜なる女性《にょしょう》の鍼灸医が、なぜ本名ではなく〝竜尾〟と名乗り、薩摩藩邸とは江戸城をはさんで正反対の神田明神下に療治処を構えたのか。しかも十年、敵《かたき》を找すでもなく、逆に以前を隠すように生きて来たのか……。

二

昨夜の離れのように、母屋の居間にも酒の香がただよった。

「ふー、たまんねえ」

また藤次は言った。

「ほう」

と、右善も盃《さかずき》を手にうなずいた。右善が竜尾の療治処に住みこんだのは、この年の春だったから、もうかれこれ十カ月になろうか。竜尾が酒を飲むのを見たのは、これが初めてである。

竜尾は盃を盆に戻すと、いくらか恥ずかしそうに微笑《ほほえ》んだ。右善も笑顔を返し、

「で、師匠。その仇討ち免許状を手にして、というより押しつけられ、それからどうされた」

ふたたび一同の目が竜尾にそそがれた。

「聞いてくだされ」

竜尾は威儀を正すように肩を動かし、ふたたび話しはじめた。

「わたくしたち姉妹は武家でもないのに、荒波甲兵衛どのを追う旅に出なくてはならなくなりました。このときばかりは、わたくしたちの平穏な生活を奪った荒波甲兵衛さまと、そう仕向けた藩邸を恨みました。ですが、抗《あらが》うことはできません。姉もわたくしも、一応の心得はありました。というのは、神尾家は鍼灸だけでなく薬種屋の相

談にも与《あず》かっており、みずから薬草採りにも出向き、そのとき野宿することもあって脇差は常に持ち、小型の苦無を往時《おうじ》の忍者のように飛苦無に使うなど、修練は積んでおりました。ですから姉との二人がかりなら、飛苦無を放ち脇差で飛びこめば勝算はあると確信しておりました。父を荒波甲兵衛に討たれたのは、まったくの不意打ちだったからと聞いております」

「なるほど」

右善はこれまでの疑問の一端が融《と》け、うなずきを入れ、盃を口に運んだ。

竜尾の話はつづいた。

「いよいよ敵《かたき》を求めての旅に出るとき、家にも一応の蓄えがあり、藩邸もかなりのものを用意してくれました。それに、古くから神尾家に下働きとして仕えてくれていた夫婦もついて来てくれました。そう、ちょうど留造さんとお定さんのような二人でした。心強うございました」

「そ、それは」

留造とお定は、はにかむように居住まいを正した。

一行四人は、荒波甲兵衛がたどったと思われる東海道を西に向かった。薩摩をとりあえずの目的地に定めたという。そこは荒波家の郷里でもあり、行けばなんらかの消息がつかめるかもしれないと思ったからだった。それに京にも大坂、長崎にも父・常仙が昵懇《じっこん》にしていた鍼灸医がおり、それらに土地土地での探索を依頼するためでもあった。

「父のありがたさが身に沁みました。同業の方々にも頼んでくださいました。いずれの懇意の鍼灸医も驚き、合力《ごうりき》を約束してくださり、同業の方々にも頼んでくださいました」

そうした旅をつづけ、薩摩に入ったのは江戸を発ってから二月後《ふたつき》だった。藩庁には江戸藩邸から連絡があり、姉妹二人に親切だった。だが、荒波甲兵衛の行方は知れず、なんらかのつなぎを取ったのか、荒波家は家族もろとも姿を消し、屋敷は無人となっていた。

「そのとき、わたくしたちのことより、まだ幼児に過ぎないお堯《たか》ちゃんと甲一郎《こういちろう》ちゃんの身の上が心配で、向後《こうご》いかような境遇が待ち受けているのかと思うと、哀れになって来ました。お堯ちゃんと甲一郎ちゃんは六歳と五歳の年子で、わたくしが江戸見物につき添った、荒波家の娘と嫡子です」

竜尾は言う。

右善もうなずき、言った。

「うーむ。酒の席での一瞬の気の昂《たか》ぶりが、二つの家族を崩壊させてしまったか」

その言葉に、藤次も留造もお定もうなずいた。

「それから、どうなされた」

右善は、さきをうながした。

「はい。一月《ひとつき》ほどご城下にとどまり、藩庁の合力を得て領内くまなく探索しましたが見つからず、そのあいだに、下働きの老夫婦が薩摩の出だったため、一応の手当てはして暇を取らせました。二人はどこまでもついて行くと泣きましたが、このさき幾年かかるか知れず、二人には郷里でゆっくりと余生を送ってもらいたかったのです」

竜尾と姉のお欣の心根《こころね》が見える処置だった。

姉妹二人は、荒波甲兵衛が立ち寄りそうな土地《ところ》は、やはり湊町《みなとまち》と判断し、これまでに探索を依頼したところも訪ねようと来た道を返した。

確かに長崎で、浪人か旅の絵師のような家族がいたとの痕跡はあった。それでふたたび瀬戸内《せとうち》の山陽道《さんようどう》に歩を踏み、湊のある町々をくまなく找《さが》し、摂津《せっつ》に入ったところで姉のお欣が病にかかり、

「あえなく逝《い》ってしまったのです。わたくしは一人になり、泣く余裕もありませんでした。葬儀は大坂の父の懇意の鍼灸医が仕切ってくださり、急を聞いて駆けつけてくださった京の懇意のお方が、遺骨箱を首にかけたわたくしに、しばらく京に住まぬか

と言ってくださいました。そのお方は京仙《きょうせん》と申され、父と同門の方でした。わたくしは京仙さまのお言葉に甘えました。このときほど、人の親切が身に染みたことはありません。これも父・常仙のおかげと、泣きに泣きました。不思議と、敵《かたき》である荒波甲兵衛どのへの憎しみは湧きませんでした。お尭《たか》ちゃんと甲一郎ちゃんの境遇を思ったからかもしれません。甲兵衛どのとともに追われる身となり、わたくしよりも過酷な日々を送っているはずなのです」

緊張していた部屋の空気が、なにやら湿っぽいようすとなった。

竜尾はつづけた。

「京に戻ったのは、江戸を発ってより一年を経ておりました。大坂でも京でも浪人か旅の絵師のような家族の消息はつかめませんでしたが、京仙さまがある日わたくしに申されたのです」

京仙は家族をあげて、神尾竜に親身になり、京仙が父親代わりなら、内儀は母親のようになっていた。その京仙がある日、言ったのだった。

「――客死《かくし》したお欣さんには申しわけおへんけど、武士でもないわてら鍼師《はりし》が、武士みたいに敵《かたき》を追うて幾歳月を経るのはいかがなもんやろか。場合によったら、一生を費《つい》やさなあかんかもしれへん。無念は残るやろが、死にはった神尾常仙はんは、娘がそんな人生を送るなど、お望みでっしゃろか。決して望んでなんかおられまへんやろ。常仙はんがどないにお望みか、血のつながったおまはんが、一番ようわかってのはずやおへんか。とくと考えなはれ」

その夜、お竜《たつ》は眠れなかった。その日だけではなかった。翌日も、さらにその翌日も、眠れぬ日はつづいた。

数日が過ぎ、お竜は京仙に言った。

「──わたくし、きょうより名を竜尾と改めます。よろしゅう、お願い申し上げまする」

その日より、京仙を師匠に、竜尾の新たな修行が始まった。鍼はもちろん薬草学に調合、さらに心身の鍛錬にと武芸にまで及んだ。

九年を経た。京仙は名の示すとおり、京では知られた鍼医で、患家は町場から殿《てん》上人《じょうびと》にまで及んでいた。その代脈《だいみゃく》（助手）をつとめる竜尾が、

（江戸へ）

と、思ったのは、江戸が両親や姉との思い出の土地というほかに、京畿《けいき》に散らばる同業から、ときおり〝浪人絵描きの家族連れ〟を見たとの知らせが寄せられたからであった。

「荒波甲兵衛どのは、絵でそれなりの収入を得られる京を根城に、畿内一円を家族で転々としていたのかもしれません」

「それで逆にそなたのほうから京を離れ、荒波甲兵衛を安堵させようとしたのだな」

「はい。さようにございます」

右善の問いに竜尾は応《こた》えた。

さらに右善は、竜尾の心底《しんてい》を確認するように言った。

「薩摩藩の出した仇討ち免許状はどうなされた」

「京で苗字を捨て竜尾と名を改めたとき、京仙さまの前で火中に」

「投じられたか」

「はい」

「そ、それじゃお師匠、敵討ちは捨て……!?」

思わず言ったのは留造だった。

「そのとおりです」

竜尾は明確に応え、視線を一同にまわし、

「江戸に居を構えようとしたのは、よもや荒波甲兵衛どのが江戸に舞い戻って来られることはあるまい、と思ったからです。京仙さまも同意なされ、新たに療治処を構えるのにも、いろいろと支援してくださりました」

「さようでしたかい。場所を神田明神下にしなすったのは、薩摩さまの藩邸とお城をはさんでちょうど反対側になり、薩摩のお侍《さむれえ》と出会うこともなかろう、と。あはは、もう二十年ですぜ。薩摩が師匠を找《さが》しているわけでもあるまいし。それに藩邸じゃ、奉行所に名のない敵討ちを届け出たことさえ忘れてるんじゃありやせんかい」

「これ、藤次。そうかもしれぬが、竜尾どのの気持ちになって考えてみろ。これは気分の問題だ、というには軽すぎようか。信念というべきかのう」

藤次が言ったのへ右善が返し、竜尾がさらに肯是《こうぜ》する言葉を乗せた。

「はい。ともかく江戸に戻っても、敵討ちと関わりのある藩邸や蔵屋敷から離れたところに根を下ろそうと考えたのです」

「そうだったのですか。おかげであたしら、いいお師匠さまに仕えることができました。ねえ、おまえさん」

「ああ、そのとおりだ」

お定が言ったのへ、留造は満足そうに返した。

いずれもが秘かに思い描いた事態が、まったく的外《まとはず》れどころか、逆だった。行灯二張でほんのりと明るい療治処の居間は、なごんだ空気に包まれ、それぞれがゆっくり

と盃を口に運んだ。なかでも右善の驚きと安堵には、ひとしおのものがあった。その右善が、

「それならそれでだ」

と、音を立てて盃を盆に置いた。竜尾を含め、一同の視線が右善にそそがれた。旨《うま》酒《ざけ》で湿らせたばかりの右善の口が動いた。

「わからぬことが、まだまだあるぞ」

「はい、あります」

竜尾が明瞭な口調で返し、右善はつづけた。

「儂《わし》が見た武士二人は、松平家の横目付あたりとみて間違いなかろう。それに権三と助八がいう〝浪人の家族のような三人連れ〟はおそらく、荒波甲兵衛とその娘と息子かもしれぬ」

「お堯《たか》ちゃんと甲一郎ちゃん⁉」

思わず竜尾の口から出た。

右善は言った。

「さよう。二十年の歳月を経ているとはいえ、権三と助八が持って来た〝敵討ち〟の話は、敵《かたき》が医者か女医者の形《なり》をしているかもしれないなどとなっている。本来なら、

京織において京仙どのたちが目印にした〝旅の絵描き〟が伝えられなければならないはずだ。それがなぜかすり替わっている。松平家などは、そのすり替えられた話によって動いているのかもしれぬぞ」

竜尾は一つ一つうなずきながら、右善の話を聞いている。右善の疑問は、竜尾が感じていた疑問でもあるのだ。

留造がまた言った。

「そんなら、藤次の親分。さっき一緒に外をぐるりとまわったとき、尾けていたあの怪しい影。あいつら、松平家のお侍？　それとも、荒波甲兵衛たち⁉」

「わからねえ」

藤次が応えたのへ右善が、

「荒波甲兵衛の手の者だとすれば、逃げるはずの敵が、なにゆえ討手である竜尾どのに近づいて来るのか……。そこがよくわからねえ」

「どうしやす」

と、藤次は右善に顔を向けた。

右善は応えた。

「こんど探りを入れて来たなら、松平だろうが荒波だろうが取り押さえ、直接理由《わけ》を訊く以外《いげえ》あるめえ」

伝法な口調になって来た。それだけ右善が、やる気になって来た証《あかし》である。

竜尾が心配げに言った。

「そんな力ずくでのこと。騒ぎになりませぬか」

松平もさりながら、荒波甲兵衛が接近して来ているとしたなら、その理由を最も知りたいのは竜尾であろう。さらに、敵持ちでなかったにしろ、騒ぎになって困るのもまた竜尾である。

「おもてにならぬよう、秘かにやらねばならないのが、この仕事の難しいところだ。策はそのとき、そのときに、考える以外にねえ」

「右善どの」

竜尾は頼るように、右善を見つめた。右善は無言のうなずきを返した。

一升徳利が空《から》になったようだ。

長尺の苦無を持った右善と大刀を帯びた藤次が白い息を吐きながら庭を一巡し、冠木門と勝手口の外を窺ったが、人の気配はなかった。

この日、用心のため藤次は待合部屋に蒲団を持ちこんで泊まった。右善の大刀を、手を伸ばせば届くところに置いた。右善は離れに帰ったが、すこしでも物音がすれば長尺苦無か脇差を手に飛び出すだろう。

竜尾は小型の苦無を数本、抱いて寝た。竜尾がこれほどの用心をするのは、かつてなかったことである。

三

翌朝、竜尾の療治処はいつものように冠木門を八の字に開け、権三と助八がまた坂上の豆腐屋の女隠居を運んで来た。

すでに療治部屋にも待合部屋にも患者が入っており、右善が竜尾の代脈をつとめている。といっても、鍼の代脈はまだ早い。灸の代脈である。灸も経穴《つぼ》にぴたりと据えれば、少量で効果は上がる。右善はすでにそれを体得し、患者も据えるのが右善だからといって不安がることはなかった。

右善の苦無と竜尾の苦無が、すぐ手の届くところにおいてある。薬草掘りの道具だから、療治部屋にあってもなんら奇異ではない。わざわざ問う患者もいない。

縁側でお定の淹《い》れた茶でひと休みしている権三と助八に、右善が声をかけた。

「このあと駕籠は、豆腐屋の隠居だけだ。終わるまで儂の部屋で待っておれ」

「だったらちょいと近場をながして来まさあ」

「そう言わずに、ともかく儂の部屋へ行け」

権三は返したが、右善の言いようがいくらかきついことに助八が気づき、

「へい、そのように。おう、兄弟《きょうでえ》。ちょいと離れで休ませてもらおうかい」

「そうかい？」

と、二人は縁側の前に駕籠を置いたまま、裏手の離れに向かった。

入ると、

「あれえ、藤次の親分じゃねえかい。来てなすったので？」

「そういうことでしたかい」

権三が声を上げ、助八は得心した。右善がきつく言ったのはこのことで、なにやら他人《ひと》にきかれてはまずい話があるようだ。

「待ってたぜ。まあ、上がれや」

藤次は自分の部屋のように手招きした。部屋には手焙りに炭火が燃えており、あたたかかった。その手焙りをまん中に三つ鼎《みがなえ》にあぐらを組んだ。

「実はなあ……」

きのう一日の話を藤次は始めた。そのうち留造に探りを入れた女人が、あの三人の

うちの一人であることを右善に知らせたのは、権三と助八なのだ。藤次が詳しく語ったのは、昨夜怪しい影が療治処を窺《うかが》っていたことと、

「右善の大旦那からだ、他言無用と心得てくれ」

と前置きし、昨夜竜尾が話した内容だった。

二人は仰天した。無理もない。右善も藤次も留造、お定も驚いたのだ。権三と助八は混乱し、ようやく脳裡で、いま聞いた事態をまとめたか、権三が確認するように言った。

「あの家族のような三人連れが討手で、師匠を敵《かたき》と勘違《かんちげ》えしてるんじゃのうて、そのなかの歳経《としふ》ったのが敵持ちで、討手が師匠のほうだったって!?」

「それがなんで、逃げ隠れするんじゃのうて、逆に療治処《ここ》へ探りを入れてやがる?」

助八は問いを投げかけ、

「あっ、わかった」

「なにがでえ、兄弟」

と、権三が問う。

「わからねえかい。すでに二十年が過ぎてらあ。顔を見ただけじゃわからねえかもしれねえ。そこで探りをいれて、間違《まちげ》えなく薩摩さまお抱えだった鍼医のお嬢だったら、

家族三人そろうてどこかへ遁走《とんずら》と、そういうとこじゃねえのかい」

助八は得意顔で語り、藤次がそこに疑問をぶつけた。

「それも考えられるが、おめえらが最初に仕入れたのは、〝女医者の形《なり》〟をしているのが敵《かたき》ってことになってたんじゃねえのかい」

「あ、そうだった」

と、権三。

藤次はつづけた。

「それがなんですり替わっちまった。それを突きとめなくちゃならねえ。師匠のためにもな。それにあの三人連れは、少々しつこすぎるぜ。そこも解《げ》せねえ。師匠はさっき言ったように、もう敵を許していなさるのによう」

「そう言われりゃそうだ。で、親分。あっしらに何をしろ、と？」

と、助八。権三も上体を乗り出した。

「それよ。右善の大旦那が言ってなすったが、俺からも頼みてえ」

「だから何をでえ」

と、また権三。

「こんどその三人連れの一人でも見かけたら、さりげなくあとを尾け、居場所を突きどおりとめてもらいてえ。駕籠に客を乗せているときでそれができなきゃ、いままでどおりどの方向に向かっていたかだけでも知らせてもらいてえ」

「なるほど、押しかけて敵を討ちなさるか。お菊さんのときを思い出すぜ」

権三が返したのへ藤次は、

「さっきも言ったろう。師匠はもう許してなさる。なんで話がすり替わったか、それを調べるためだ。それとなあ、伊勢屋の件だ。相対死《あいたいじに》じゃなく殺されなすったことをもっと広めてくれ。それとだ、殺した野郎について、どんな些細なことでもいい。うわさを拾っておいてくれ」

伊勢屋の話は、昨夜出なかった。だが、右善も藤次も忘れたわけではない。ただ、あまりにも重大な話に、それどころではなかったのだ。

（いずれ解明を）

と、思っている。そのために児島善之助も色川矢一郎も、正式な下知《げじ》がなくとも探索に走っているのだ。

竜尾の語った話をするだけでも、かなりの時間がかかった。

「権さんに助さん、そろそろいいかね。坂上《さかうえ》の婆さん、終わりなすったが」

留造の声が玄関口から入って来た。

「おう。いいぜ」

応えたのは藤次だった。

「いいな。他言……」

「無用」

言いかけた言葉を助八が引取り、権三もうなずいた。江戸中の駕籠屋がうわさの伝搬の一翼を担っていても、療治処で口止めされたことは、権三も助八もかたくなに守る。二人とも、この療治処と共通の、よそで話してはならない秘密を持っている。それが嬉しくてたまらないのだ。

おもての庭にまわり、右善と一緒に豆腐屋の女隠居を駕籠に乗せ、

「あらよっ」

「ほいっさ」

と、冠木門を出るかけ声は、来たときよりも威勢がよかった。

療治部屋で竜尾は言った。

「二人とも、わかってくれたようですね」

「それがあの二人だ」

右善が応え、腰に鍼を打ってもらっている町内の隠居が、

「あの三八駕籠、ほんと、いつも元気ですなあ」

岡っ引の藤次が裏の離れに陣取っていることはむろん、療治処がいま厳戒態勢に入っていることなど、患者はむろん町内の住人にも知られてはならないのだ。

陽は中天を過ぎた。

薬籠持は右善だった。きのうのように尾ける者がいたなら、

「──捕えて理由を質《ただ》そう」

昨夜、話し合ったのだ。

右善も竜尾も、きのう療治処に直接探《さぐ》りを入れたのが娘の堯《たか》なら、ずっと尾けていた若い浪人風体は、

「──嫡子の甲一郎」

と、見なしている。竜尾の知っている堯と甲一郎の姉弟は、二人が五歳と四歳のときだった。二十年を経たいま、会ってもわからないだろう。堯たちにしても、江戸見物に連れて行ってくれただけの神尾竜こと竜尾の顔は覚えていないだろう。手掛かりは〝女医者の形〟から見当をつけ、〝竜尾〟という名と開業の年数から、竜尾が神尾竜であると断定したことであろう。

きのうは、

「——殺気は感じませんでした」

竜尾は言っていたが、それは〝神尾竜〟と断定するまえであり、それに竜尾が、

（——あの甲一郎ちゃんが）

という思いもあったからかもしれない。

きょうはきのうと条件が異なるのだ。それにきのうは、神田川に沿った往還と佐久間町という、武家地を除いては人通りの絶える所はなかった。しかしきょう行く患家は、湯島切通しの坂道からさらに脇道に曲がった、樹木だけで人影のない道に歩を踏むことになっている。

もし甲一郎が、なんらかの行為を仕掛けて来るなら、

「切通しの坂道かその枝道で……」

「おそらく」

冠木門を出るとき、右善と竜尾は短く言葉を交わした。甲一郎を誘いこむため、右善は大刀を帯びず、長尺苦無を腰に提げている。竜尾は小型の苦無を数本、ふところに忍ばせた。飛苦無である。

現われたとき前後から挟み打ちにするため、町人風体で脇差を腰に差した藤次が、

いくらか離れて二人につくことになっている。きのうのように夜ならともかく、町人が大刀を帯びたのでは不自然であり、脇差なら珍しくはない。

それらが冠木門を出るのを、留造とお定は心配げに庭に出て見送った。

「——なあに、狙われているのはおまえたちではないから」

と、右善に言われているが、それでも下働きの老夫婦だけで留守居をするのは心細そうだった。


切通しの坂道にかかった、寺社地を削った道で、坂は急で長く、樹木が往還にまでせり出している。その坂下に茶店の小さな幟旗《のぼりばた》が見える。そこを過ぎれば長い坂道となる。右善と竜尾は茶店の前を通り過ぎた。

薬籠を小脇に抱えた右善が竜尾と横ならびになり、

「尾いて来ていますな」

「はい、それも男女二人。もしも、もしもお尭ちゃんと、甲一郎ちゃんなら……甲兵衛どのも近くに……」

竜尾は途切れとぎれに言った。心中、言葉には言いあらわせない戸惑いを覚えている。その心中を、右善が代弁した。

「会ってはならない相手だろうが、会いたくもあろう」

「…………」

竜尾は無言でうなずいた。

二人は上りの坂道に歩を踏みつづけた。

堯と甲一郎と思われる二人も、茶店の前を通り過ぎた。

そのうしろに藤次が、

（ふむ。あれが昨夜、話にあったお嬢のお堯とご嫡子の甲一郎かい）

と、ぴたりと尾いている。

さすがに熟練の岡っ引である。前面だけでなく、右善たちのうしろにも気を配っていた。気になるのだ。冠木門を出たときからだった。

右善と竜尾が出たあと、数呼吸の間を置いて藤次は出た。そのあとすぐ、堯と甲一郎と思われる二人が右善と竜尾に尾いた。午過《ひるす》ぎには往診に出ることをすでに確かめ、近くで冠木門を見張っていたのだろう。百日髷の若い浪人風体と質素な身なりの女である。堯と甲一郎だと判断する条件がそろっている。さらに近くの角から出て来た二人連れが、堯と甲一郎と思われる二人を尾行するかたちにつづいたのだ。

（やつら！）

藤次には直感するものがあった。

(昨夜の影ども)

である。どちらも町人風体で腰に脇差を帯びている。ちょうどいまの藤次とおなじで、やくざ者か遊び人風にみえる。藤次はお堯と甲一郎よりも、その遊び人風二人を尾けるかたちになった。

(大旦那は昨夜の二人を、松平家の者と推測しなすったが、違っているようだぜ)

思いながら歩を進め、そやつら二人が、

(俺を視界に入れたら気づくかどうか)

確かめようと早足になり、二人を追い越した。坂道にかかる茶店のすこし手前だった。二人は藤次が療治処の冠木門から出て来るのを見たわけではない。気づいていないようだ。藤次は昨夜、大刀を腰にしていた。だから用心棒の右善と見間違えたのかもしれない。

藤次はとっさの判断で、茶店の縁台に腰かけた。大きな風呂敷包みを背にした行商人風が、腰を上げたところだった。

「またのお越しを。あ、いらっしゃいまし」

茶店の中から年寄りの声がする。

「すまねえ、茶を一杯《いっぺえ》」

返し、目の前を行く二人にさりげなく視線をながし、面体《めんてい》を憶《しか》と記憶にとどめた。きつね目と頬骨の張った男で、どちらもひとくせありそうな面構《つらがま》えだった。

二人は縁台の藤次に気を払うことなく通り過ぎた。

(堅気《かたぎ》じゃねえな)

藤次はあらためて思い、出されたお茶を数口すすり、

「とっつぁん、お代はここへ置いとくぜ」

急いで坂道に歩を入れた。場所は湯島天神の裏手になり、右手は根上院《こんじょういん》という寺で、坂道は左へゆるやかに湾曲している。堯と甲一郎と思われる二人はすでに見えず、遊び人風の二人は、その湾曲にさしかかろうとしていた。急がねば、遊び人風二人も見失う。藤次もいい歳で、急な坂道に歩を速めるのは疲れる。

右善と竜尾である。樹々のせり出した根上院を過ぎれば武家地で、それが途切れたところに町場がある。武家屋敷と町場の境に狭い往還があり、そこに入れば人通りはない。きょうの患家はその奥である。

「右善さん、お願いします」

「ああ」

と、右善と竜尾はそこに入り、瞬時、右善はちらと背後に視線をながした。

「尾いて来ておる」

「はい。ならば」

竜尾は返事をし、二人はしばらく進み、さっと物陰に身を隠した。竜尾は、きのうは感じなかった殺気を、坂道に入ったころから感じていたのだ。右善も同様である。だからこの策を思いついたのだ。

物陰に身を置き、尭と甲一郎と思われる二人が近づいたころあいを見計らって飛び出す。その二人のうしろには藤次が尾いているはずである。竜尾も戦力であり、三対二になる。挟み撃ちにし、少々騒ぎになっても、押さえれば元隠密廻り同心と現役の岡っ引である。土地《ところ》の自身番を、詮議の場に使うことができる。

二十年を経ている。相手の力量がわからない。飛び出すと同時に竜尾が飛苦無を甲一郎に放ち、ひるんだところを右善が長尺苦無で胴を打つ。いずれも致命傷にはならないが、衝撃は大きいはずだ。背後からは脇差を抜いた藤次がお尭に襲いかかり、動きを封じる。

右善と竜尾は、それぞれの苦無を手に、間合いを計った。

だが、藤次は堯と甲一郎と思われる二人の背後にいない。いるのは遊び人風の二人である。そのうしろに、藤次は尾いているのだ。

息が切れない程度に藤次は急いだ。

樹々《きぎ》のせり出した根上院の壁を過ぎた。

武家地である。右善と竜尾の姿はもう見えない。藤次はきょうの患家の場所は知っている。右善と竜尾はすでに町場との境の往還に入ったようだ。

このあとすぐ、堯と甲一郎と思われる二人も、おなじ往還に歩を入れるはずである。さしかかった。いよいよだ。だが、そのうしろの遊び人風の二人がじゃまだ。

（やつら、いってえ何者）

思いながら、

（ん？）

堯と甲一郎と思われる二人は、右善たちが入った往還の前で立ち止まったではないか。なにやら言葉を交わしている。もちろん、聞こえない。遊び人風の二人も立ち止まり、立ち話でもしているようなようすを扮《こしら》えた。この者たちが堯と甲一郎と思われる二人を尾けていることに、もう間違いはない。

藤次はうまく白壁の陰に身を隠すことができた。

立ち止まり、言葉を交わしている男女二人は、はたして堯と甲一郎だった。話している。

「姉上、やはり無理です。きのうのように付添いが老僕ならここで討ち取ることもできましょうが、あの同心くずれの用心棒が一緒では……。それに、奇妙な武器を持っております。気になります」

「わたくしもそう思います。ここはひとまず断念しましょう。きのう探ったところでは、夜は母屋にお竜《たつ》さんと下働きの老夫婦のみで、あの用心棒は裏手の離れということですから」

「父上にも話し、そこを狙いましょう、姉上」

「仕方ありませぬ」

堯と甲一郎の姉弟はそのまま枝道に入らず、まっすぐに歩を取った。

藤次は首をかしげた。遊び人風の二人は竜尾たちの入った枝道には曲がらず、そのまま堯と甲一郎に尾いたのだ。

藤次は迷った。このことを大旦那（右善）たちに知らせるか、堯と甲一郎、それに得体の知れない遊び人風の二人を尾けるか……。大旦那たちに知らせ、ふたたび切通し坂に戻れば、ふた組とも見失うかもしれない。

（ええい、大旦那たちにはあとから報《しら》せよう）

決した。

枝道の右善と竜尾である。ころあいとみてそれぞれの苫無をかざし、物陰から飛び出した。

「えっ？」

「いない！」

右善と竜尾は拍子抜けしたように、顔を見合わせた。

右善は言った。

「なにか事情があるようだ。藤次がついておる。大丈夫、あとで聞こう」

「そうする以外ないですね」

竜尾は応じ、何事もなかったように往診への歩を進めた。

四

藤次はどうしたか。

堯と甲一郎はそのまま切通しの往還を進み、そのうしろに遊び人風二人がつながり、そのまたうしろに藤次が尾いている。

切通しの往還を進めば、療治処のある湯島の通りに出る。そこは本郷《ほんごう》の通りと名を変えており、すぐ近くに加賀藩前田家百万石の上屋敷が広がっている。その加賀藩邸と本郷の通りをはさんだ向かい側に町場がある。

堯と甲一郎の姉弟は、その町場の枝道に入った。おもてにはさまざまなお店《たな》が小奇麗な暖簾をはためかせているが、裏手は粗末な長屋が軒《のき》を寄せ合っていることを、藤次は知っている。武家屋敷と寺社地のあいだに町衆の家々が張りついたような、そう広い町場ではない。堯と甲一郎はその町場に入ったのだ。遊び人風の二人もつながって枝道に入った。ねぐらを確かめようとしているようだ。

藤次は立ち止まり、思案した。もちろん藤次も、堯と甲一郎のねぐらを確かめたい。大旦那の右善に対し、これほどの手柄はあるまい。だが、藤次は熟練の岡っ引である。狭い町場を尾行したのでは、勘付かれる可能性が高い。それでなくても切通しの坂道から尾けて来たのだ。遊び人風の二人は、背後に似たような脇差の男が尾いて来ていることに気づいているかもしれない。町場の狭い道にまでつながって行ったのでは、まさしく尾行して来たことを覚《さと》られてしまう。相手の正体が判らない現在《いま》、こちらの存在も気づかれてはならない。

（特徴のある浪人家族だ。この程度の町場なら、ねぐらなどあとから聞き込みを入れればすぐわかるだろう）

判断し、きびすを返そうとした。いましがた遊び人風たちの入った枝道から、身なりのととのった武士が二人出て来た。きょうはよく二人連れと出会う日である。ここでも藤次は、

（はて？）

感じるものがあった。向かいの加賀藩邸から出て来たのならあたりまえの風景だが、浪人でもない武士がせせこましい町場の枝道から出て来るなど自然ではない。はてと思ったのは、ただそれだけだった。

もし藤次が、あと二、三日早く療治処に泊まりこんでいたなら、この二人が療治処を探るように周辺を徘徊していた武士であることに気づき、即座にあとを尾けていただろう。だがこのとき藤次は、町人の武士に対する儀礼として、一歩退いて軽く辞儀をしただけだった。武士二人は藤次に見向きもせず通り過ぎた。

藤次は本郷の通りから湯島の通りへと向かった。道はひと筋である。さきほどの武士二人も加賀藩邸に入るでもなく、藤次とおなじ方向に進み、湯島五丁目のあたりで脇道にそれ、藤次の視界から消えた。

藤次はそのまま療治処のある湯島一丁目に向かった。三丁目と二丁目のあたりが、湯島聖堂の裏手で、片方が神田明神に張りついたような町場である。

藤次の足が湯島一丁目を踏み、冠木門をくぐったのは、陽が西の空にまだ高い時分だった。右善と竜尾は往診中である。

「これはお早い、お師匠と一緒じゃなかったので？」

「ああ、きょうはあのお二人、いつもの往診と変わりはない。お戻りになったらすぐ知らせてくれ」

と、驚く留造たちを安心させ、離れの部屋で待つことにした。

「おい、藤次は帰っておるか」

と、右善と竜尾が帰って来たのは、陽が西の空にかたむきかけた時分だった。療治処はにわかに慌ただしくなった。

留造が離れに走り、母屋の居間に竜尾、右善、藤次の三人が膝をそろえたのはそのあとすぐだった。箱火鉢に炭火も入った。留造とお定は、台所で夕餉の用意にかかっている。

「あのときでさあ」

「なにがあった」

同時に藤次と右善の口が動き、三人は身を乗り出した。藤次も早く話したい。右善と竜尾も早く聞きたい。

「切通しの坂道でごぜえやす」

藤次が話しはじめた。

右善と竜尾は乗り出した身をもとに戻し、じっくりと聞く態勢になった。

右善は幾度も相槌を打ち、竜尾は喰い入るように藤次を見つめた。

聞き終え、右善と竜尾は口をそろえた。

「うーむ、迂闊《うかつ》だったなあ。遊び人の付け馬がついていたとは気がつかなかった」

「わたくしも。すぐうしろのお尭ちゃんと甲一郎ちゃんに気を取られ、その背後にもう二人いたとは」

すでに右善も竜尾も、若い浪人者と質素な身なりの女を、尭と甲一郎と断定している。だからいっそう、竜尾は捨てておけない思いになっているのだ。加賀藩邸の向かいの町場に置いているであろうねぐらには、きっと荒波甲兵衛もいるはずだ。あれから二十年とはいえ、まだ生きていよう。生きているから、〝神尾竜〟の身辺を探っているのだろう。敵持ちが逆に討手を見つけ、遁走を計るのは考えられることだ。

しかし、背後に感じた殺気はなんだったのか。それが右善と竜尾だけでなく、藤次にも気になるところである。単に気を配りすぎていたための錯覚とは思えない。

右善はつづけた。

「その遊び人どもが、昨夜この療治処のまわりをうろついていたやつらだったとは。しかも、荒波甲兵衛たちのねぐらにも探りを入れるとは」

「何者でしょう。わたくしにも見当がつきません」

竜尾がつなぎ、さらに、

「その町場からひょっこりと出て来た、加賀藩士ではなさそうなお武家二人も気になります」

「さよう。療治処《こ こ》を探っていた武士もいたからなあ」

「やっぱり、あとを尾けるべきでしたかねえ」

「いや。その必要はなかったろう。その武家はおそらく薩摩か松平家の者だろう。芝か山下御門まで尾けていてみろ。ここへ戻って来るのは真夜中かあしたの朝になっていたぞ。ともかく早く戻って来てくれてよかった」

「そうですねえ。そのお武家二人がいずれのお方であろうと、すでに療治処《こ こ》を知り、甲兵衛どののご一家と接触しているかもしれません。なにやら恐ろしゅうなってまいりました」

竜尾は自分が狙われているように身をぶるると震わせ、右善に視線を向けた。右善はその視線を受け、藤次に言った。

「あした、おめえには忙しく動いてもらうぞ。まず加賀藩邸の向かいの町場に行って荒波甲兵衛のねぐらを聞き出し、その足で常盤橋《ときわばし》御門に行き、善之助と色川矢一郎に至急ここへ来るように言ってくれ」

「へえ、承知いたしやした」

右善はこの一両日中にも、なにやら大きな動きがありそうな予感がし、胸騒ぎまで覚えている。権三と助八があいまいな〝敵討ち〟のうわさを持ちこんで以来、療治処を中心に発生するさまざまな異常事態がいよいよ極に達し、おもてにあらわれるような気分に襲われていたのだ。

五

その兆候なのか、昼間のつづきが夕暮れにあった。

居間での夕餉が終わり、竜尾と右善、藤次がまだ居間で食後の茶を飲んでいる。外では陽が沈んだときだった。

「まだ早うごぜえやすが、おもての門、用心のため閉めて来まさあ」

と、留造が膳のかたづけをお定に任せ、玄関から庭に出て、

「おお、寒い」

両腕で肩をかき寄せ、そのままの姿勢で冠木門へ小走りになり、門扉に手をかけたときだった。まだ明るいが、日の入りとともに寒さというより、空気の冷たさが増したようだ。

まだ開いている門に二人の男が立った。急患ならまだしも、このような時分に他人の家を前触れもなく訪れるなど、分別のある者のすることではない。

「お師匠！　右善の旦那ア。来やしたっ。みょうなのがあっ」

叫びながら玄関に飛びこんだ。

「なに！」

右善が立ち上がり、玄関の板敷きに出た。藤次もつづいた。ちょうど日の入り後でよかった。屋内から外は見えるが、外から屋内は見えない。しかも藤次は右善のうしろにいた。その藤次が言った。

「やつら、昼間の遊び人ですぜ、脇差は帯びていやせんが」

「そうか。おめえは顔を出すな。儂が処理する」

「へい」

藤次は居間に戻り、事態を竜尾に伝え、つぎの指図を待った。

右善は草履をつっかけ、悠然と玄関を出た。

与太が二人、玄関の外に立っている。藤次がまっさきに目をつけたように、脇差を帯びていないのは、

(話し合いに来やした)

ことを示している。

「これは用心棒の旦那とお見受けいたしやす」

と、三十がらみでさつね目の男が、やくざが仁義を切る姿勢をとり、銀次《ぎんじ》と名乗った。この者が兄貴分のようだ。おなじ三十がらみだが弟分のような頬骨の張った男は又平《またへい》といった。

「へへ。あっしら、江戸の遊び人でやして。こんな時分に押しかけて申しわけありやせん。へえ、こんな時分じゃねえと口にできねえ話を持って来やしたもので」

もったいぶった言い方をする。

こやつら、きのうは夜に療治処を探り、きょう昼間は堯と甲一郎のあとを尾けてい

た。右善は興味を持ち、なにも気づいていないふりをし、銀次と又平の二人を待合部屋に上げた。

右善の差配で、留造とお定が部屋に行灯と手焙りとお茶を運んだ。

銀次と名乗った兄貴分らしい男が言った。

「へへ。うわさは聞いておりやす」

「なんのことだ」

と、二人とあぐら居で向かい合った右善も、刀も苦無も部屋に持ちこんでいない。

きつね目の銀次はつづけた。

「この家のあるじさんはお医者で、女先生だそうで」

「そうだが」

「へへ、困っておいでだと聞きやすぜ」

「それがどうした」

弟分らしい又平が言ったのへ右善は返した。こやつらの言う〝うわさ〟とは、件《くだん》の〝敵討ち〟のことのようだ。

ふたたび銀次がつないだ。

「こちらではそれなりの警戒はされているようでやすが……」

昨夜のことを言っているのか。遊び人二人は、下働きの提灯の灯りのなかで、警戒している動きを見せたのは右善と思っているようだ。右善もそのように装《よそお》った。この二人に、現在《いま》の療治処の人数を誤らせることにもなる。高鳴る心ノ臓を懸命に抑え、

「そりゃあ、まあ、な」

「ほう。話が通じやすそうなお人だ」

「おめえら、なにが言いてえんだ。用件を言え。焦《じ》れってえぜ」

「へへ、そう来なくっちゃいけねえ。あっしらはねえ、旦那。このお江戸の町で困っている人がおいでと聞けばすぐ駈けつけ、人知れず江戸から姿を隠すのを手助けするようなことをやっておりやしてね」

（うぐぐっ）

驚きの声を必死に呑みこんだのは、板戸で仕切られた療治部屋で聞き耳を立てていた藤次だった。

（こいつらかもしれねえ）

思ったのだ。

予期せぬ収穫である。もちろん二人と相対している右善も、そこに気づいていた。金のありそうな駆落ち者、お店《たな》の金をくすねた奉公人などなど。逃亡の手引きをする

ふりをし、江戸を出たところで殺害し金銭を奪う……。

（善之助の言っていた千住宿の件も内藤新宿の話も、伊勢屋の紗枝と辰之助も、こやつらの仕業《しわざ》じゃねえのか）

右善の脳裡はめぐっている。

銀次はつづけた。

「あっしらは、旦那。女医者を狙っている浪人者家族のねぐらも知ってまさあ。やつら、もうここに目をつけておりやすぜ。それに、お侍《さむれえ》の出入りも確認しておりまさあ。助っ人かもしれやせん。急がにゃなりやせんぜ。いえいえ。いまからと言うんじゃありやせん。今宵ひと晩、女医者の先生とご相談のうえ、あっしらの手を必要と思われたなら、あした、朝早くに明神坂上の茶店で、ここの下働きの爺さんか婆さんに、縁台に座ってお茶でも飲んでもらっていてくだせえ。こっちからつなぎを取りまさあ。あっしらが必要ねえとおっしゃるんなら、茶店に出向くことなんざいりやせん。あっしらと旦那方とのご縁はそこまでということで、へえ」

となりの療治部屋で、

（うううっ）

藤次は飛び出したい衝動を懸命に堪《こら》えた。

「ひと晩、考えさせてくれ」

「へい、わかりやした。すべて旦那と女先生次第でございやす。おい又平、帰《けえ》るぞ」

「へいっ」

二人は同時に腰を上げ、又平がふところから提灯を取り出して行灯から火を取り、まだ閉めていない冠木門を、雪駄《せった》に音を立てながら出た。

板戸が開き、療治部屋から藤次が飛び出て来た。

「大旦那。尾けさせてくだせえ」

「ならねえ。せっかく向こうから網に引っかかりに来てくれたんだ。下手《へた》を打ちゃあ逃げられるだけだ」

「しかし」

藤次はまだあきらめ切れない顔だった。

奥から竜尾の声が聞こえ、座はふたたび居間に移った。

「留造さん、おもての戸を」

竜尾に言われ、留造はまた藤次に視線を投げ、

「ああ、いいともよ」

藤次と一緒に冠木門を閉めに出た。

戻って来ると右善に、

「やつら、探っているようすはありやせんでした」

「そうか。こっちに餌《えさ》だけ蒔《ま》いて帰ったようだな。それよりもだ」

居間は昨夜とおなじ顔ぶれである。右善は言った。

「きのうきょうで、武士二人をのぞき、やつらの動きはすべてわかった。荒波甲兵衛に銀次たちは接触していねえ。荒波甲兵衛は銀次どもの存在にも気づいちゃいねえ。だが銀次どもは療治処《こ こ》に目をつけ、甲兵衛らの居どころも探り出し、それで話を持って来た。つまり逃がし屋よ。それも逃がすふりをして江戸を出たところで、内藤新宿や千住宿みてえによう。ひょっとしたら、伊勢屋の紗枝と辰之助を刺し殺したのも、その口かもしれねえ。逃がし賃を取ったうえに、頼み人が持ち出したお宝もごっそりいただく、鬼畜よりもなお地獄行きのやつらだ」

あまりのことに、聞いている一同に声もない。

右善の話はつづいた。

「やつらめ、ようやく正体を見せやがったが、思ったとおりだった。敵持《かたき》ちが〝女医者の形《なり》〟しているとのうわさを、真《ま》に受けてやがる。駕籠屋の溜り場でうわさをひろい、それを頼りに療治処《こ こ》にたどりつくなんざ、一人や二人でできることじゃねえ」

「わかりやした、大旦那」

　藤次が声を入れた。

「さっきの二人をふん縛《じば》れば、ほかのお仲間どもに逃げられる。これからの策で一網打尽に……。だから善之助旦那と色川さまをここへ……と」

「そういうことだ。むこうさんのねぐらも人数もまだわからねえ。儂とおめえだけでできる仕事じゃねえ。ある程度の捕方が必要になるかもしれねえからなあ」

　お定か割りこむように声を入れた。

「だったら、お師匠さんが狙われているわけではないので？」

「それ、それを知りてえ」

　留造がつづけた。乾いた声だった。

「そこよ、儂にもようわからんのだ。なんでお堯と甲一郎が師匠にまとわりついているのかだ。それに、あの二人からの殺気はなんだったのだ」

「わたくしも、感じました」

「お師匠！」

　留造とお定が同時に声を上げ、竜尾に投げた視線を、そろって右善に向けた。行灯のほのかな灯りのなかにも、すがるような目になっているのがわかる。

「うむ」

「ここ一両日、すでに始まっていやすが」

右善がうなずいたのへ藤次がつないだ。

この日も藤次が待合部屋に泊まり、右善は離れに戻った。藤次は脇差を、右善は大刀を蒲団の横に置き、竜尾は飛苦無を枕元に置いた。

留造まで右善の長尺苦無を枕元に置いた。

「おまえさん」

横に蒲団を敷いたお定が、心配そうな声を洩らした。

六

離れで、右善は容易に眠れなかった。

（あの殺気、なぜなんだ。気のせいなどではなかったぞ）

思えば、疑念が次からつぎへと湧いてくる。

（荒波甲兵衛め、こうも近くにねぐらを置いていたとは。それに〝神尾竜〟の所在を確認したのなら、なにゆえ逃げぬ）

母屋の一室で、竜尾もおなじことを思っていた。

(甲兵衛さん、どうしてですか。どうして逃げないのですか。お堯ちゃんも、甲一郎ちゃんも)

それに、竜尾にはもう一つ懸念があった。加賀藩邸の前で藤次とすれ違った二人の武士が薩摩藩士だったなら、荒波甲兵衛が江戸に舞い戻っていることを確認し、さらにこの療治処も嗅ぎ出し、

(わたくしに敵討ちをけしかけないか、強要しないか)

薩摩藩邸が荒波甲兵衛を捕え、いずれかに幔幕《まんまく》を張りめぐらして舞台をととのえたりすれば、竜尾は神尾竜に戻り、白無垢装束《しろむくしょうぞく》に白鉢巻を締め、多くの薩摩藩士の加勢のもとにその場へ出向かざるを得なくなる。堯と甲一郎の父親を討つのである。竜尾は蒲団の中で、ぶるると身を震わせた。

行灯の灯りはとっさの場合にそなえ、点《つ》けたままにしている。

外には淡い月明かりがある。

(なぜだ)

右善はまた思い、

(ん?)

上体を起こした。

寒い。

物音が聞こえるのだ。

部屋の冷気に身を包まれ、耳をすました。

離れを出たすぐそこにある板壁の勝手口からだ。

(外からだな)

聞き分けられるのは、元隠密廻りの右善だからであろう。

右善にも隠密時代、経験がある。雨戸の潜り戸や勝手口の板戸の下に小柄《こづか》を刺し込み、板戸を溝から浮かせる。そのあと板戸ごと敷居から外す。それを暗やみのなかで音を立てず完遂《かんすい》するには、相応の技量と経験が必要だ。

聞こえるのは、その音である。

(熟練ではないな)

ということは、手慣れた盗賊でも修練を積んだ隠密廻りでもない。

ならば、誰か。追い払うのは簡単だ。内側から大声で誰何《すいか》すればいい。だが、上体を起こし大刀を引き寄せた右善の目的は、いま忍び入ろうとしているのが何者であるのか、それを確かめるところにある。大刀を手に狭い玄関の土間に下り、戸にわずかのすき間を開け、外を窺《うかが》った。夜着には着替えていない。絞り袴に筒袖のまま、蒲団に入ったのだ。母屋の竜尾も藤次もおなじだった。昼間の衣装のまま、掻巻《かいまき》をかぶっている。

外したようだ。そのはずみに板戸を倒さなかっただけでも用心深く、まったくの素人《しろうと》でないことが推察される。

大刀を握り締め目をすき間にあて、淡い月明かりに、勝手口を視界に入れている。

（来い）

胸中に念じた。

それに応えたか、影が一つ、音を立てず、入って来た。さらに一つ。夕刻に来た銀次と又平ではなさそうだ。もう一つ、三人のようだ。ならば、

（荒波甲兵衛とお堯、甲一郎……）

白い息がかすかに見える。三人は入ると板戸を元に戻した。用心深い。これで板塀の内側で派手な音さえ立てなければ、外を火の用心の木戸番人が拍子木を打ちながら通っても、異変に気づかないだろう。

影の一つが、離れの建物を指で示し、あとの二つの影がうなずいたようだ。無言で

ある。指をさしたのは、堯のようだ。療治処の中に入ったことがあるのは、堯だけである。無言の所作で、かえって右善には三人の交わした言葉の内容がわかった。

堯は、

(そこが用心棒の寝起きしている離れです。母屋のほうは、お竜《たつ》さんと下働きの老夫婦だけです)

堯はそれらも留造から聞き出している。甲兵衛と甲一郎はうなずきを返した。だが、そこに藤次の存在は語られていない。

三人は策を立てているはずである。勝手口から入り、離れの前を忍び足で過ぎ、庭に面した縁側の雨戸を、勝手口の板戸とおなじようにこじ開ける。そこは待合部屋と療治部屋であり、夜は無人である。容易に屋内に侵入できる……。

(まさか!)

右善の心ノ臓は、鼓動が外に洩れないかと心配になるほど高鳴った。その想像は、これまでの予測のなかで、考えもしなかったことである。

三つの影が一列にならび、すき間から見ていると滑稽《こっけい》なほどに、抜き足、差し足で離れの前を過ぎた。

だが、嗤《わら》ってはいられない。

ころあいを見はかり、玄関の腰高障子戸をそっと開けた。

外に出た。大刀を左手に、足袋跣《たびはだし》である。

三人の気配はない。すでにおもての庭にまわったのだろう。

こんどは右善が抜き足、差し足になった。母屋の角を曲がれば。庭に面した縁側の雨戸である。

角から首を出さずとも、音でわかる。小柄を雨戸の溝に刺し込んでいるのだろう。

(気づけ、藤次！)

胸中に念じた。

右善の策は決まった。いま飛び出し、物音に気づいた藤次が雨戸を蹴破り飛び出て来たなら、その音はけたたましいものになる。

一枚、外したところで飛び出し、一人を峰打ちで戦意をくじき、あとは藤次が音を立てることなく脇差を手に縁側から庭へ飛び出すだろう。これなら不意打ちで、戦況は絶対有利である。

右善は息を殺し、のぞくことなく、飛び出す時を待った。

藤次は気づいていた。そっと上体を起こし、

(大旦那、お願《ねげ》えしやすぜ)

と、右善とおなじことを念じていた。

一枚、はずしたようだ。

待っていた瞬間である。右善が飛び出し、

「だぁーっ」

一人の胴に峰打ちの一撃を与え、

「うぐっ」

その者は刀を落としてうずくまり、

「えいっ」

藤次が縁側から庭へ飛び下りざま、一人の首筋を脇差の峰で激しく打ち、

「ぎえっ」

打たれた者が悲鳴とともに脇差を落とし、うしろへ数歩よろめいたのがほとんど同時だった。悲鳴は女だった。藤次が打ったのは堯だったようだ。

さらに、

――キーン
金属音に、刀が地に落ちるにぶい音がつづいた。

突然のことに仰天し、なす術《すべ》を失った最後の一人の刀を、右善が叩き落としたのだ。

素手になって数歩さがり、

「ううう っ」

低いうめき声は甲兵衛だった。最初に峰打ちを受け、地にうずくまったのは甲一郎のようだ。

「藤次」

「へいっ」

ようやく右善と藤次は声をかけ合い、戦果を確かめた。二人とも抜き身の刀を動きのある影に向け、場を確実に制している。かくも瞬時にできたのは、息の通じ合った右善と藤次だからのことであろう。

雨戸の一枚開いた縁側から灯りが洩れ出た。

竜尾だ。手燭を手に、いつの間にか出て来ていた。

眠れぬまま、雨戸の物音と待合部屋の動きに気づき、点けていた行灯から手燭に火を取り、飛苦無を手に、そっと療治部屋に入って藤次の動きをすくい取っていたのだ。

藤次がそれに気づかなかったのは、全神経を雨戸にそそいでいたからであろう。

庭の一同の目は、縁側の灯りに集中した。

最初の声は、得物を失い動きを封じられた荒波甲兵衛だった。

「神尾竜どのじゃな」

掠《かす》れた声だった。手燭の灯りに顔が浮かんでいる。

竜尾は灯りを手にしたまま、

「いかにも。甲兵衛さまですね」

声に応じ、縁側から庭に下りた。右善が驚くほどの、落ち着いた所作だった。

「お堯ちゃんに、甲一郎ちゃんですね」

甲一郎は打たれた脾腹《ひばら》を押さえながらも、身を起こしていた。

「ううううっ」

峰打ちの痛さを堪《こら》えているのではない。佐久間町での尾行で、甲一郎はすでに竜尾こと神尾竜を確認している。かえって声が出ない。

堯はまさしく二十年ぶりである。江戸の町々を案内してもらったのは、五歳のときだった。

「竜姉《たつあね》、竜姉……ですね」

堯は確認するように言うと、

「こうするより、こうするより他《ほか》なかったのです！」

声を絞り出し、竜尾を見つめたまま打ち落とされた脇差を素早く拾い上げた。

同時だった。右善の大刀の切っ先が、堯の喉元に当てられた。

藤次も抜き身の脇差を堯に向け、正眼に構えた。

淡い月明かりに竜尾の手燭の灯りしかない庭に、荒波甲兵衛の低い声がながれた。

「もうよい、お堯。おさめるのじゃ」

「なれど、父上！」

「おさめよ」

「は、はい」

堯はようやく脇差を鞘《さや》におさめた。

「甲一郎、おまえもじゃ」

「はい」

藤次の脇差の切っ先が、身をかがめ落とした刀を拾う甲一郎に向けられた。

甲一郎は刀を鞘におさめた。

右善と藤次もおさめ、鍔《つば》の音が響いた。

緊張の一瞬は終わり、寒夜の庭にホッとした空気がながれた。

「さあ、ともかく部屋に上がってくだされ」

言いながら縁側に上がった竜尾に、甲兵衛は言った。右善に打ち落とされた大刀は、まだ地にころがっている。

「お竜どの、これでよいのか」

「これでとは?」

縁側の竜尾は手燭を手にふり返った。

「わしはそなたの父君、常仙どのを殺した敵《かたき》じゃぞ。二十年間、そなたから逃げまわっていた……。ここで、討たなくてよいのか」

「父上!」

さえぎるように言った堯が甲兵衛の前に一歩進み、目を竜尾に向けた。

竜尾は返した。

「ほほほ、その話もありまする。ともかく上へ」

留造もお定も気づき、縁側に出て来ている。手燭の灯りが、一つ増えた。

「さあ、お客人です。お茶の用意を」

「へ、へえ」

留造とお定は急ぐように奥へ消えた。

「さあ、そなたらも上がられよ」

右善が、なおも戸惑う三人をうながした。

仕方がないといえば、それまでかもしれない。出鼻をくじかれ、瞬時に動きを封じられたのだから……。だが、ついさっきまで殺意を持っていた親子三人の気をやわらげたのは、竜尾の悠然とした立ち居ふるまいだった。

七

居間に行灯の灯りが入り、竜尾、右善、藤次が、端座する荒波甲兵衛、堯、甲一郎の三人と向かい合うように座を取った。このときも右善と藤次はあぐら居だった。談判の座ではない。部屋の雰囲気をなごませるのに効果的だった。

右善と藤次の活劇は瞬時のことであり、騒ぎが板塀の外に洩れることはなかった。雨戸もさっき、藤次がはめなおした。奥の部屋の灯りが外に洩れることはない。近くの住人はむろん、このとき療治処を探る者がいたとしても、内側の動きにまったく気づかなかったであろう。

台所ではすでに火を落としており、あらためて茶を沸かすには、けっこう時間がかかる。

竜尾が堯と甲一郎に、なごやかな視線を向け、

「お堯ちゃん、甲一郎ちゃん、ほんに二十年ぶりですねえ。母上はいかがなされましたか」

一瞬、座に緊張が走り、甲兵衛が応えた。

「十年前でござった。播州室津《ばんしゅうむろつ》の湊町《みなとまち》で身まかりもうした」

甲兵衛は語った。

高輪《たかなわ》の蔵屋敷を飛び出てから、せめて堯と甲一郎の顔を見ておこうと、

「足は薩摩に向かいもうした」

内儀は堯と甲一郎を連れ、城下を離れた親戚の家に身を潜めていた。内儀は、

「――どんな棘《いばら》の道であろうと、わたくしもお供いたします。あなたさまの道中を思いながら、わたくし一人が安逸《あんいつ》に暮らすなど、できないじゃありませぬか。この子たちもおなじです」

言ったという。

甲一郎は膝の上に置いた手を握り締め、堯は泣いていた。内儀がそれを言ったとき、甲兵衛は泣いたであろう。

五歳の堯、四歳の甲一郎を連れての、家族の逃避行が始まった。竜尾と姉の欣が薩摩に入ったのは、このころのことのようだ。

旅は、甲兵衛の絵心が大いに助かったという。敵持ちであることさえ隠せば、土地土地の大百姓や大店《おおだな》のあるじで、似顔絵を描く注文がけっこうあったのだ。だが、一箇所にとどまれない不安と苦労は、逃げる者にしかわからないであろう。

一箇所にとどまるのは、堯か甲一郎が病で動けなくなったときのみだった。

しかし十年目に、内儀が播州室津で鬼籍《きせき》に入った。重なる苦労と疲労が原因だった。

十年も家族で逃避行をつづけていると、

（逃げ隠れの旅も母の死も、自分たちを追っている神尾竜なる女のためだ）

旅の空で十五歳と十四歳になっていた堯と甲一郎が思うのも、自然なことであったかもしれない。甲兵衛は言った。

「それを思うと、死んだ女房にも、お堯と甲一郎にも、ただただ申しわけのうて」

「父上」

堯が涙顔を甲兵衛に向けた。甲一郎の両の拳《こぶし》がかすかに震えていた。込み上げる思いを堪《こら》えているのであろう。

甲兵衛はつづけた。

「お竜どのはよもや、わしらが江戸に舞い戻るなどとは思うまい……と、三年前でござった。江戸に戻り、藩邸から離れた土地をと思い……」

竜尾が江戸に住みつくときと、荒波甲兵衛は正反対の立場ながら、まったくおなじことを考えたことになる。

「それで住みついたのが、すでにご存じと思うが、本郷の加賀さまの向かいの町場でござった。それでもやはり、心は落ち着きませんじゃった。そのようなとき、つい最近でござった。こともあろうに、本郷の近くでお竜どのを見かけもうしたのじゃ。驚きましたぞ。常仙どのの娘御が、鍼灸医になっていても不思議はござらん。婆さんの薬籠持を連れておいでじゃった」

お定のことであろう。竜尾はまったく気づかなかった。

いつのまにか、それぞれの膝の前で湯飲みが湯気を立てていた。いま話に出たお定が運んで来たのだが、一同はそれも意識に置いていなかったようだ。それだけ六人すべてが、話のなかに入りこんでいたのだ。

なおも甲兵衛の言葉はつづいた。

「所在を確かめようとしたが、お堯や甲一郎では顔を見てもわかるまい。わしが出歩いたのでは逆に見つけられ、藩邸や蔵屋敷からも助勢が出て、わしは討たれることになろう。わしはそれでよいと思った。じゃが、お堯と甲一郎はまだ若い。行く末を思えば、夜も眠れんじゃった」

「それでわたくしは、甲一郎と話し合ったのです」

　堯が、甲兵衛の言葉を引き取るように言った。

「いっそう、竜姉にこの世を去っていただければ、父は安穏《あんのん》のなかに暮らせる……。イザというときには、父上にもお出まし願い、と……」

　すでに竜尾も右善も藤次も予測していたことであり、座に緊張は走らなかった。むしろ、切通し坂での殺気の謎が解け、竜尾などはさわやかな顔になっていた。

　甲一郎が幾度かうなずきを入れるなかに、堯の言葉はつづいた。

「女鍼医は、聞けばすぐにわかりました。かくも近くにと、体の震えが止まりませなんだ。それで討ちやすくするため、駕籠屋を使嗾《しそう》し、あたかもわたくしたちが敵《かたき》を找しているようなうわさをながし、〝女医者〟が敵のように仕向けたのでございます」

「なあるほど」

　声を入れたのは藤次だった。〝敵討ち〟のうわさがあいまいだった原因が、いまさらながらにわかったのだ。

　堯は両手を畳についている。甲一郎も右手の拳《こぶし》を畳につけた。堯はつづけた。

「ところが、うわさが功を奏しすぎ、早急に実行しなければならない仕儀にいたりました。それがここ二、三日ほどの動きとなり、今宵を迎えたのでございます」

「ふーむ」

と、右善が得心のうなずきを入れた。

三人が瞬時に動きを封じられたのは、右善と藤次の連携もさりながら、三人には終始、うしろめたい気持ちがあり、誰かに止めてもらいたいとの思いがあったためだったのかもしれない。

竜尾は言った。

「さあ、お尭ちゃん。甲一郎ちゃん、手を上げなされ。そのままじゃ、懐かしい顔が見えませぬ。それに甲兵衛さまも聞いてくだされ」

尭と甲一郎は顔を上げた。

「わたくしは、神尾竜ではありませぬ。竜尾と申しまする」

「えっ、それではお竜どのは、わしを討たぬのか。いまが機会ですぞ」

甲兵衛が言ったのへ竜尾は応えた。

「神尾竜はもうどこにもおりませぬ。おらぬ者が、人を討てるわけなどありませぬ。そなたら、おもての冠木門の柱にかかっている木札をご覧になられなんだか。そこには〝鍼灸療治　竜尾〟と書いてありまする。鍼灸は本道や金瘡《きんそう》とおなじ、人の命を救うのが仕事です。その鍼灸医が、人の命を狙ってなんになりますか」

「竜姉！」

思わず声を上げたのは甲一郎だった。

右善がいまの竜尾の言葉を裏付けるように、大きくうなずいた。

竜尾は問いを入れた。

「そなたらの所在、まさか藩邸に知られていますまいなあ。わたくしがここに療治処を設けたは、そなたらとおなじ発想にて、薩摩藩士と出会わぬようにするためでした。いかがでございましょう。それらしい武士が訪ねて来るようなことなど、ありませんでしたか」

藤次には、竜尾がきょうの昼間の武士二人のことを訊いているのがわかった。

甲兵衛は応えた。

「ござった。しかもきょう」

「いずれの⁉　まさか、薩摩」

と、このほうに竜尾は緊張を覚えた。

甲兵衛は言った。堯と甲一郎は切通し坂から帰るなり、それを甲兵衛から知らされ、驚いたことであろう。

「なんと老中の松平さまのご家中じゃった。二人で見えられ、われらが敵を探《さが》しているとのうわさを聞き、是非とも助勢したい、敵の所在もすでにつかんでおる、と。この虚偽の敵討ちに老中のご家臣が介入すればどうなる。わしは恐ろしゅうなり」

竜尾は緊張し、無言で聞いている。

甲兵衛はつづけた。

「どこの話か、とわしはとぼけ、敵討ちなど無縁な、ただの西国《さいごく》の浪人でござると話し、お帰りを願《ねご》うた。松平さまのご家中は怪訝《けげん》な顔になり、また来ると言い残し、引き揚げられた。そこでわしは思いましたのじゃ。うわさがそこまで広がっているのなら、早晩、芝の藩邸や蔵屋敷にも伝わろう、と。それで今宵にと、追いつめられた次第にござる。もっとも、これほど身勝手な発想はござらぬが」

右善は苦笑した。それぞれが明神下と本郷という近いところ《とところ》に居を構えたのが、薩摩藩邸のある芝から遠い土地にとおなじ動機であり、さらにこの数日、切羽詰まった思いになっていたのも、おなじ理由からだったのだ。

竜尾は肩の力を抜き、

「甲兵衛さま、お尭どの、甲一郎どの。聞いてくだされ。武家の敵討ちの作法などとは、双方を不幸にさせる、なんと酷《むご》いものでございましょう」

言うと、台所の留造とお定に声を投げた。

「火種はまだありましょう。酒《ささ》を熱くつけてくだされ」

「うひょ」

藤次が声を上げた。

ここまですべてがわかっても、右善にはもう一つ疑問があった。熱燗《あつかん》ができた。

右善はひと口もふた口も湿らせてから、荒波甲兵衛たちのいる前で訊くのも一考かと思い、口を開いた。

「竜尾どの、儂は驚いておる。そなたの人生にとってかくも重大なことを、なにゆえこれまで微塵《みじん》もおもてにされなんだ。ちと寂しい気もするが」

「申しわけありませぬ」

竜尾は束ね髪の頭を右善に向かって下げ、

「敵討ちを放棄した女などと思われぬため。それに、さような世の柵《しがらみ》から抜け出したいためでもございました」

問いを入れた右善よりも、甲兵衛たちのほうが聞き入っているようだった。

「あははは」

右善は笑い、

「それこそ竜尾どのが、世の柵に堰《せ》き止められていた証《あかし》でござろう。すべてが明らかになったいま、竜尾どのは柵を脱しなされた。めでたい。いや、めでたい」

「わたくしも、そう思いまする」

右善が徳利の口を竜尾の盃にかたむければ、竜尾も右善の盃に徳利をかたむけた。

この座での話はさらに進み、伊勢屋の紗枝と辰之助の遭難にまで及んだ。銀次と又平という元凶がすでにきょう、療治処に面《つら》を見せているのだ。

四　許せぬ者ども

一

不思議な思いになっていた。

荒波甲兵衛と娘の堯《たか》、息子の甲一郎である。

療治処の居間で竜尾と元同心の右善、現役の岡っ引である藤次らと酌み交わしている。恩讐《おんしゅう》を超えている。座がなごやかであればあるほど、

(これまでの二十年……、いったいなんだったのか)

親子三人の胸中に去来する。

その思いと戸惑いが、盃《さかずき》を口に運ぶ仕草にも、ぎこちなさとなってあらわれる。

右善と竜尾は、三人の表情や所作からそれを読み取った。

右善が三人の胸中をほぐすように、

「竜尾どのには、儂《わし》も驚いているのだ。そなたらにとっては、なおさらだろうなあ」

甲兵衛が無言でうなずき、堯と甲一郎もそれにつづいた。だが、表情に浮かぶ戸惑いはそのままだった。

竜尾も言った。

「わたくしも驚いています。ですが、思うのです。わたくしにも甲兵衛さまにも、それにお堯どのにも甲一郎どのにも、これまでの二十年があったればこそ、きょうのこの日があるのだ……と」

竜尾は敢《あ》えて堯と甲一郎を〝ちゃん〟ではなく、〝どの〟をつけて呼んだ。二十年という歳月の過ぎたことが、この呼び方に感じられる。

甲兵衛が竜尾の言葉を嚙みしめたか、ぽつりと言った。

「きのうまでの二十年があるゆえ、きょうが……」

得心したように、盃を口に運んだ。

さきほどからかなり盃の進んだ藤次が喙《くち》を容《い》れた。

「過ぎ去った話より、あしたの話をしやしょう。銀次と又平って吝《けち》な野郎たちのことでさあ。やつらめ、まだ師匠を敵持《かたきも》ちだと思いこみ、ご親切に逃がしてやろうなどと、あしたまた来るんですぜ。ふふふ、いい機会じゃありやせんかい」

岡っ引らしい言葉である。

堯がすかさず言った。

「わたくしが悪いんです。わたくしが余計なことを謀《はか》ったために」

「へへ、お堯さん。あっしはねえ、おめえさまに感謝してるんでさあ。そのおかげでひょっとしたらひょっとするやつらが、釣り針に喰いついて来たんでさあ。そうでやしょう、大旦那」

「そのとおりだ」

藤次が返したのへ、右善はうなずいた。

竜尾も、

「許せません」

「父上」

堯が応じ、甲兵衛に視線を向け、

「わたくしが蒔《ま》いた種です」

「うむ」

甲兵衛はうなずき、視線を藤次に向けた。

「千住に内藤新宿、それに品川……。こたびのお竜《たつ》どの、いや、竜尾どのへの働きかけ……、一連のもの、と?」

「さようでさあ。さっきも言いやしたでしょう。銀次や又平どもに違《ちげ》えありやせん」

藤次の返答に、甲兵衛は視線を右善と竜尾へ交互に向け、

「それがしがかように言うのは身勝手かもしれぬが、常仙どのの声が聞こえて来そうじゃ。お堯の策で銀次に又平とやらが喰いついて来た。これを始末し、江戸を掃除せよ……と。さすれば、許さぬこともないぞ……と。いかがか、右善どの、お竜どの、ではなかった竜尾どの」

堯と甲一郎はうなずいた。

竜尾が受けた。

「そうかもしれませぬ」

「手を貸していただけるか」

と、右善も応じたのへ藤次が言った。

「これで決まりですわい、大旦那。あしたの予定が変わりやしたぜ。あしたあっしが本郷へ荒波さまたちのねぐらを探りに行く理由など、とっくに吹っ飛んでしまってまさあ」

「あはは。そのとおりた」

右善が余裕をもって相槌を打ち、つぎの言葉を待つように藤次に視線を据えた。

藤次は応じた。

「そのあとあっしは常盤橋《ときわばし》に走り、善之助旦那と色川矢一郎さまにつなぎを取ることになっていやしたが、無理ですぜ。その余裕はありやせんや。あしたの朝早くからやつらめ、この近辺に出張《でば》って来やしょう」

竜尾と右善が銀次たちの話に乗るかどうかの返事を、あしたの朝早くに明神坂上の茶店ですることになっている。それを藤次は言っている。乗る場合は〝ここの下働きの爺さんか婆さんに……〟と、銀次は言っていた。

当然、銀次たちはつなぎを取ったあとも、療治処がみょうな動きをしないかどうか探りを入れるだろう。逃がし屋などというのは、用心深くなければならない稼業なのだ。そこへ八丁堀姿の児島善之助や色川矢一郎が出入りしたのでは、銀次も又平も二度と療治処に姿を現さなくなるだろう。せっかく引っかかった獲物を逃がしてしまうことになる。藤次はそこまで考えて言っている。

「思い出すなあ、儂がここへ住みついたころを」

右善は懐かしむように言った。当初、右善は町内の者に元同心の身分を隠し、鍼《しん》灸《きゅう》の見習いに徹しようと、善之助に療治処へ来ることを禁じた。八丁堀との連絡には嫁の萌《もえ》が来たものである。もっとも右善の身分はすぐ町内に知れわたり、それからは八丁堀姿が正面の冠木門を悠然と出入りするようになった。

竜尾は真剣な表情で右善を見つめている。

右善が〝思い出すなあ〟と言ったのは、あしたから数日、そのころに戻ることを意味した。すなわち、

――一味もろとも一網打尽に

療治処の居間は、しばしその策を練る軍議の場となった。

話の進むなかに、竜尾は言った。

「松平さまのご家中は、甲兵衛さまからまったく手を引いたとは考えられません。松平屋敷の横目付あたりが、銀次や又平たちと同様、まだ甲兵衛さまを敵討《かたきう》ちの討手《うって》と思いこみ、近辺に探りを入れるかもしれません。これをどう払拭《ふっしょく》するかも考えねばならないでしょう。放置していたのでは話は混乱し、やがて芝の藩邸も知るところとなりませぬか」

芝の藩邸とは、薩摩藩邸のことである。このほうがむしろ、竜尾と甲兵衛にとっては懸念しなければならないことだった。

甲兵衛も堯も甲一郎も、

(竜尾どのに、申しわけなきこと)

胸中に込み上げて来ているのが、表情にあらわれている。

右善は言った。気分だけでなく、表情も隠密廻り同心のころに戻っている。すでに現場に出ているつもりになったか、伝法な口調になった。

「むろんだ。考えねばならねえ。だがよ、同時にはできねえ。逃がし屋のほうが切羽詰まってらあ。なにしろあした一日が勝負どころとなる仕事だ。それさえ解決すりゃあ、松平のほうは、おのずと道が開けてくるはずだ」

竜尾は無言でうなずき、甲兵衛も、

「よろしゅうお願いしもうす」

と、右善を頼る目で見つめ、堯と甲一郎に、

「竜尾どのに救われた命だ。悪党の掃除に合力し、けじめをつけてから向後《こうご》の身のふり方を考えるぞ」

堯と甲一郎は、無言でうなずいた。

この夜、三人は療治処に泊まった。

藤次がそっと右善に言ったものだった。

「今宵はぐっすり眠れやすぜ。襲って来る者がいなくなったのでやすから」

翌朝は、留造とお定が最も忙しかった。朝餉の用意がいつもより多い。堯も暗いうちから起き、台所を手伝った。

右善は離れで、藤次が起こしに来るまで寝ていた。明るみはあったが、まだ日の出前である。

寒いなか、白い息を吐きながら甲兵衛ら三人が、きのうこじ開けて入った裏の勝手口からそっと出て本郷に帰ったのは日の出前だった。銀次たちにとっては〝敵持ち〟の竜尾を〝無事〟江戸から逃がすにも、気になるのは本郷の動きであろう。逃がす前に甲兵衛たちが療治処に打込み名乗りを上げたのでは、せっかくのカモがカモでなくなってしまう。

きのう、銀次は右善との交渉を終え、冠木門を出てから又平に言ったものである。

「――敵持ちの女医者とは会えなかったが、きっと喰いついて来るはずだ。討手の親子が打込むめえに逃がさなきゃならねえ。あした一日が勝負だぜ」

「――わかってまさあ」

又平は返した。

〝敵持ち〟の〝女医者〟と、早朝につなぎを取ることになっている。同時に銀次たちは本郷の〝討手〟の長屋にも見張りをつけるはずである。だが、悪党というものは、夜には強いが朝には弱い。日の出前後ならまだ本郷に見張りはついていまい。竜尾たちが療治処にいるあいだ、銀次たちに〝討手〟がまだ本郷の長屋にいることを確かめさせれば、この策は成功への第一歩を踏み出したことになる。

甲兵衛たちが裏の勝手口を出てからすぐ、

「よし、頼むぞ」

「へい。がってんでさあ」

藤次がおなじ勝手口から、右善に見送られ外に出た。

この時刻に善之助と色川矢一郎につなぎを取るとすれば、常盤橋の北町奉行所はまだ開いておらず、ちょいと遠くなるが日本橋を越えた八丁堀まで行き、出仕前の組屋敷に駈けこむ以外にない。〝勝負どころ〟の、きょう一日の始まりである。

二

日の出を迎えた。

つぎの出番はお定である。さっきから落ち着かない。というより怯《おび》えている。

「せめて右善さん、近くまで来て、見ていてくださいよう」

「いや、やつらに正真正銘のつなぎに見せかけなきゃならねえ。小細工はけえって危ねえ。なあに、やつらにとっちゃ、大事《でえじ》なつなぎの婆さんだ。きっと親切にしてくれるはずだ」

右善に言われ、留造が開けたばかりの冠木門を、幾度もふり返りながら出て行った。明神坂上の茶店へ、お茶を飲みに行くのだ。

お定が怯えるのは無理もない。きょうの役務を説明され、相手がすでに幾人も殺したであろう極悪人であることも聞かされているのだ。

あとはいつものとおりである。通いの患者が来て、権三と助八も駕籠の必要な患者を運んで来ることだろう。


朝日を背に受け、お定は口の中で右善から言われた台詞《せりふ》をつぶやきながら、明神坂を上っている。途中で立ったままひと休みする。

「おや、これは療治処のお定さん。朝参りですか」

町内の顔見知りが声をかけてくる。仕事前の朝参りか、人影がちらほら見える。急な坂を上るだけでも、ご利益《りやく》がありそうな気になってくる。

茶店が見えてきた。店は朝参りの人がいる限り、それに合わせて開いている。ホッとした。縁台にお客が座って茶を飲んでいる。女中を連れた、商家のおかみさん風だった。これから人殺しの極悪人と会うのだ。

(誰でもいい。そばに人がいてくれたら)

胸中に念じていたのだ。

「お早いことでございますねえ」

「はい。そちらも」

声をかけると返事が返って来た。恐怖がいくらかやわらいだ。

「よっこらしょ」

と、片方の縁台に腰を下ろすと、商家のおかみさん風と女中は、ひと休みを終えたか腰を上げ、

「おさきに」

と、山門のほうへ向かった。

(あぁぁぁ)

お定は胸中に声を上げた。

一人になり、恐怖感と責任感を同時に覚えたところへ、

「お定さんじゃないかね。朝参りとは感心な」

と、まだ注文もしていないのに、茶店のおやじが盆に湯飲みを載せて出て来た。お代はいらない、挨拶がわりのようだ。ここのおやじも、ときおり腰痛で療治処に来るのだ。ふたたび助かった思いになったものの、おやじは、

「ゆっくりしていきなせえ」

と、湯飲みを縁台に置くと奥へ戻ってしまった。

ふたたび恐怖が込み上げてくる。

すぐだった。山門の陰から男が一人出て来た。

お定の心ノ臓は高鳴った。

男はきつね目の銀次だった。もう一人、坂を上りきったあたりにいるのは又平のようだ。頰骨が張っている。お定は気づかなかったが、付け馬がついていないかどうか確かめているのだ。用心深い。お定と別れたあと、尾けられるのを警戒しているのだろう。

見張りは又平以外にもいた。ついさっき、銀次はその者から、

「本郷の長屋に人の気配はありやすが、動くようすはありやせん」

と、報告を受けたばかりである。それで銀次は安堵して、山門でお定の来るのを待ったのである。甲兵衛たちが長屋に帰りついたのは、それのほんの少し前だったようだ。策はいまのところ、辛《かろ》うじてうまく進んでいる。もし本郷の長屋に見張りがついてから甲兵衛たちが帰って来たのでは、このあとの展開はどうなっていたかわからない。

銀次が縁台に近づく。お定の心ノ臓は高鳴る。さっき急な坂を上ったときとは、別種の高鳴りである。お定は湯飲みを手に、目で銀次の近づくのを迎えた。

「ほう。おまえさんが来なすったかい。療治処の手伝いの婆さんだね」

「ああ、そうだが、あんたかね。療治処《うち》の師匠に用がありなさるのは」

お定は右善から、

「――逃がし屋、遁走、雲隠れ……それに類する語彙《ごい》はいっさい使っちゃならねえ」

と、言われている。銀次も、そうした言葉はいっさい使わなかった。誰に聞かれても、訝《いぶか》られないための用心である。

「横に座らせてもらいやすぜ」

きつね目の銀次は言うとお定の横に腰を下ろした。脇差は帯びていない。無腰でも遊び人の雰囲気は消えないが、朝早く一緒に座っているのが婆さんでは、まったく目立たない。これも銀次の策のようだ。

注文を取りに出て来た茶店のおやじも、なんら訝《いぶか》ったようすはない。

「いい客でなくてすまねえ」

と、注文はお茶一杯だった。それでもおやじは愛想がいい。

「――明神さまへお参りに来るお人らへの奉仕でやすから」

と、いつもおやじは言い、権三や助八など客待ちの駕籠舁きにはタダでお茶をふるまっている。

そのようなところで、切羽詰まった人を誑《たぶら》かし、命まで奪おうとする策略を進めようというのだから、

(――この罰あたりめ)

きのう銀次と接触しながら、右善は思ったものである。

銀次は話を進めた。

「で、師匠とあの総髪の用心棒さんはどのように？」

「お師匠は、すぐにもお願いします、と」

お定は直接口をきくと、肚《はら》が据《す》わったかすらりと言葉が出た。

銀次は言った。

「ほう、そうかい。で、どの方面へ？　師匠お一人かい、それともあの用心棒さんも一緒かい？」

人殺しを兼ねた逃がし屋にとっては、ここが最も大事なところだ。

「二つもいっぺんに訊かないでおくれよ」

お定は右善から、一つひとつ予想される受け応えを指南されている。

「おう、これはすまねえ。で？」

「ああ、中山道《なかせんどう》のずっと先らしくって、用心棒の旦那も一緒さ」

右善に言われたとおりの台詞である。

「ほう、そういうことかい。で、おめえさんらはどのように？　もう一人爺さんがいなさるようだが、おめえの亭主かい」

「うるさいねえ。旅先で落ち着いたら文《ふみ》を寄こすから、と。そんなこと訊《き》いてどうなさる。あたしゃ突然のことで、なにがなんだかわからないよ。早《はよ》う帰ってお師匠《しょ》さんを問い詰めたいのさ。もう帰っていいかい」

「いいともよ。師匠と用心棒の旦那に伝えておいてくんねえ。きょう午過《ひるす》ぎだ。通い《でえじ》の患者がいなくなった時分に、俺が行くからと。そうそう、これが師匠には一番大事だ。いま先方さんに変わった動きはねえ。もし午《ひる》までにみょうな動きがあれば、すぐ伝えるから安心しなせえ、と」

「ああ、伝えておくよ。先方さんだの中山道だのと、いったいなんなのだい。あたしゃなんのことかさっぱりわからないよ」

お定は言いながら縁台から腰を上げた。

急な下り坂の前に立った。坂道は、上るより下るときのほうが危険である。お定は大きく息をつき、茶店のほうを見た。銀次はまだ縁台に座っている。なにを勘違いしたか、心配げな顔のお定に言った。

「安心しなせえ。危なかったら、すぐ駈けつけまさあ」

お定はうなずき、坂道を下りた。

(女医者め、下働きの爺さん婆さんは捨てるつもりだな)

銀次は思ったことであろう。

お定のあとを又平が尾《つ》けた。ほどなく坂上に戻って来て、神田明神の境内をぶらついていた銀次に報告していた。

「あの婆さん、まっすぐ帰《けえ》りやした。療治処に変わったようすはありやせん。門を出て来た商家の小僧に駄賃をやって訊くと、いま中にいるのは確かに女医者と総髪の用心棒と下働きの爺さん婆さんだけでやした」

商家の小僧は、あるじの薬草を朝早く受け取りに来たのだろう。療治部屋に入って右善が薬研を挽くのを見ながら話もするので、ようすを訊くにはちょうどいい相手だ。

「ほう。なかなか肚《はら》の据わった女医者と用心棒じゃねえか。どんな事情での敵討ちか知らねえが、ひょっとすると用心棒野郎のほうが、敵《かたき》かもしれねえぜ」

「そんな二十年も前《めえ》のことなど、調べようがありやせんぜ」

脇差を帯びていない町衆二人が、境内の隅で立ち話をしている。なんら奇異なことではない。こうした場のほうが、内密の話をするのに適しているかもしれない。

「あはは、なにも調べるとは言ってねえだろ。やつらが逃げたがっていることさえわかりゃそれでいいのよ。まあ、あの構えの医者だ。相当貯めこんでいるに違《ちげ》えねえ。品川のときにゃ大《てえ》した金にはならなかったが、やつらのたくわえなら百両は下るめえ」

「あっしはもっとあると思いやすぜ」

「あはは、そうかもしれねえ。手引きの駄賃は少なく言って安心させてやろうかい」

「十両ぐらいにしやすかい」

「そうだなあ」

十両といえば、職人の半年分の稼ぎに相当する。その場で言われてぽんと出せる額ではない。

「いいカモを失策《しくじ》らねえように、本郷のほうにも人を張りつけておこう。湯島一丁目より、本郷のほうが気にならあ。遁走《とんずら》させるめえに打込まれたんじゃ、なにもかもおじゃんだからなあ」

「へえ、まったくで」

首謀者は銀次と又平で、あと幾人か手足になる者がいるようだ。

三

「右善さん！　ほんとに来ましたよ。もう怖ろしくって」

お定は興奮気味に言いながら冠木門を入った。

薬草を取りに来ていた小僧が、冠木門を駈け出たのはこのときだった。出たところで、又平に呼びとめられたのだろう。

小僧を見送るのに右善が縁側まで出ていた。

「これこれ、大きな声を出すんじゃやない」

「そんなこと言ったって」

右善にたしなめられながらお定は縁側に這《は》い上がり、衝撃が大きすぎたかそのまま療治部屋に這《は》って入り、

「来たんですよう、きつね目の男が！」

と、鍼《はり》の用意をしている竜尾の前に、ぺたりと座りこんだ。

待合部屋にまだ患者は来ていない。もうすぐ権三と助八が運んで来るだろう。

お定の声を聞いたか、奥から留造が出て来た。右善も部屋に戻り、明かり取りの障子を閉めた。

「どうだった」

「恐くなかったか！　なにもされなかったか！」

右善の問いに留造の問いが重なった。

「そりゃあもう」

「おぉぉ、無事に帰《けえ》って来られてよかった」

お定が言ったのへ留造は安堵の息をつき、

「さあ。一杯、元気づけの薬湯でも飲んで、坂上《さかうえ》でのようすを話してください」

と、竜尾は湯飲みに淹れた精神を安定させる薬湯を出した。

お定はあおるように飲み、

「あたしが縁台に座るとすぐ……」

と、銀次とのやりとりを再現するように詳しく語った。右善と竜尾にとって大事だったのは、午過ぎに銀次が来るということと、本郷に動きがあればすぐ知らせるということだった。しかも銀次は〝危なかったら、すぐ駈けつけまさあ〟と、念まで押している。

右善は胸をなで下ろすように言った。

「甲兵衛どのたちを本郷に帰しておいてよかった。もし三人がここに留《とど》まっていたなら、銀次らめ、うわさのいい加減なことに気づき、せっかくかかった魚に逃げられるところだった。竜尾どの……」

「はい、わかっています。わたくしにきょう一日、敵持ちを演じろというのですね、うふふ」

竜尾は口元をほころばせたが、目は真剣だった。

そこに留造は気づいたか、心配そうに言った。

「いってえ、お師匠も右善の旦那も、なにをなさろうとしていなさるのですかい。わしらもおよそのながれはわかっているつもりでやすが」

「そう、そうですよ。さっきはあたしゃ、あのきつね目が怖くて、怖くて。いったいこれからなにが始まろうというのですか」
お定も言った。昨夜、甲兵衛たちと逃がし屋一味を一網打尽にする策を話し合っていたとき、留造とお定は台所のほうにいたのだ。
右善が応えた。
「午過《ひるす》ぎになあ、ほんとうにそのきつね目がここへ来る。儂《わし》と師匠は一緒に出かけて
ちょいと用事をすませる」
「だから留造さん。きょう午後は三軒ほど患家をまわらねばならなかったのですが、
薬湯だけ用意します。遠くに急患が出て、行かなければならなくなったのでと知らせ
にまわってくださいな」
「えっ。そんなら午後は、あたしがまた一人で留守居？」
お定が身をぶるると震わせたのへ、右善が言った。
「なあに、やつらは儂らと一緒に出かけると、もうここには来ねえさ。それになあ、
この話は奉行所にも話してあってなあ、もうすぐ善之助か色川が藤次と一緒にここへ
来るはずだ」
「ああ。それで藤次の親分さん、早うから出かけなすったので。ようがす。きょう往
診に行くところへ、理由《わけ》を言って薬湯だけ届けりゃいいんでやすね」

留造が得心したように言うと、お定の表情もやわらいだ。右善は元同心でも、いまは隠居である。やはり実際のお上《かみ》がついていると、それだけ安堵を覚えるのだろう。

それでよいのだ。銀次らの策が品川のときとおなじなら、今宵が命のやりとりとなる。それを留造とお定に話すわけにはいかない。話せばきょうの午後、二人は落ち着かず、療治処が異変の渦中《かちゅう》にあることを町内に知られてしまう。みょうな〝敵討ち〟のうわさがながれている以上、竜尾の療治処はあくまで無関係で、平穏な日常を送っていなければならないのだ。

待合部屋に患者が入り、権三と助八も患者を運んで来てすぐまた出かけた。この二人にも話すことはできない。

話は打ち切られ、留造とお定の表情は平常に戻っていた。

療治処はいつもの営《いとな》みのとおり、時間が推移している。

陽はかなり高くなっているが、中天にかかるにはまだ間がある。

右善は薬研を挽き、薬湯を調合しながら、竜尾は患者に鍼を打ちながら、

(もうそろそろ来てもいいころだが)

思っていた。藤次と善之助と色川矢一郎だ。

来た。

庭から明かり取りの障子越しに声が入った。

「用心棒の先生、いなさるかい」

聞いたような声だが、患者や近所の者はそんな呼び方をしない。

「ん、誰だ」

右善がつぶやき、立って障子を開けた。

「おっ。おめえ」

声はなんと、頬骨の張った又平ではないか。

右善は縁側に出ると、うしろ手で障子を閉めた。

しゃがみこみ、声を潜め、

「どうした」

「どうしたもこうしたもありやせんぜ。ちょいと話が」

「うむ。わかった」

なにやら異常があったようだ。

「師匠。ちょいと裏の離れへ戻るから。儂の客人だ」

障子越しに竜尾に伝えると庭に下り、

「こっちへ来い」

裏の離れにいざなった。

「へぇえ、ここなんでやすね。旦那のねぐらは。ここなら安心して話せまさあ」

「そういうことだ。さあ、なにがあったのだ。来るのは午過ぎじゃなかったのか」

離れの部屋で二人は向かい合ってあぐらを組んだ。

「あの婆さんが言ってたでやしょう。本郷に動きがありゃあすぐ知らせると」

「ああ、聞いた。動きがあったのか」

右善は甲兵衛たちに、このあと連絡するまで動かぬようにと言っておいたのだ。

「大ありでさあ」

「ふむ」

右善は聞く姿勢になった。

又平は語った。

「やつら、きょうですぜ、打込みは」

「どういうことだ」

「来たんでさあ。ご存じかどうか、やつらのねぐらは、ここからすぐ近くの本郷の町場で、裏長屋でさあ」

「なんと！　そんな近くに？」

右善は驚いて見せた。

又平はつづけた。

「うちの若い者が、ずっとそこを見張っておりやす。するとさっき、侍《さむれえ》が二人、その長屋に入って行きやした。しばらくしてから出て来やして、そのあとどこへ行ったと思いやす」

右善には見当がついた。きのう来たのとおなじ武士、松平家の……。

「もったいぶった言い方をするな。早く言え」

「へへ、その二人、ここへ来たんでさあ。侍め、近所の者に訊いておりやしたぜ。このお医者はうわさどおり女かと。訊かれた野郎にゃあっしが確かめやしたから、間《ま》違《ちげ》えありやせん」

「ふむ」

ずっと療治部屋にいたので気がつかなかった。

又平はさらにつづけた。

「それで銀次の兄イと相談いたしやして、その侍二人はきっと助っ人に違《ちげ》えねえだろうと。おそらく討手は……」

と、初めて又平は甲兵衛たちを〝討手〟と表現した。やはり銀次ら一味は、いい加滅なうわさどおり、敵《かたき》と討手を取り違えている。右善は今宵決行するであろう策に自信を深めた。

それとは気づかず、又平の言葉はなおもつづいた。

「討手はどこの侍か知りやせんが、藩の江戸屋敷につなぎを取り、助っ人を頼んだのでやしょう。その打合せに来た。ということはですぜ、ここへの打込みはきょう。そういうことになりやせんかい。それで銀次の兄イは、とり急ぎあっしをここへ寄こしたんでさあ」

「うむ、事情はわかった。それでおめえ、その侍を尾けなかったのかい」

「へへ、旦那。無理を言っちゃ困りまさあ。こっちはそんなに人数はそろっちゃいねえ。手持ちの駒は、旦那と女先生のために、本郷の長屋に張りつけていまさあ。だから侍二人が討手につなぎを取り、療治処《ここ》へ探りを入れに来たのが判ったんでさあ。あっしらの仕事は、旦那と女医者の先生を助けることでさあ。その侍がどこの藩かなんざ、どうでもいいことでやして」

「ふむ。おめえらの意図はわかった。つまり、逃がし賃稼ぎだな」

「へへ。ま、そうで」

と、又平は両手を前に出し、指を広げた。十両である。

「相分《あいわ》かった」

　右善はますます相手の話に乗ったふりをし、

「それでおめえらの算段はどうなのだ。討手はきょうのいつ、ここへ打込む？」

「そりゃあわかりやせん。ただ言えることは、あと数刻後。明るいうちかもしれやせん。すくなくとも、暗くなるめえでござんしょう」

「うむ」

　右善はわかったふりをし、言った。

「おめえら、ありがてえぜ。十両以上の価値はあらあ。それで儂らにどうしろと？」

「そこなんでさあ。あっしらが午過ぎ、ここへ来たときにゃ、そのまま行方をくらます算段をしておいてもらいてえ、とそういうことでございまさあ」

「それはもう、整《ととの》うておる。だがな、そのときすぐにというのはちときつい。町内にそれと知られてはまずいからなあ」

「ふふふ」

　又平は不敵な嗤《わら》いを洩らし、

「わかりやすぜ、旦那。これまであっしらの手がけたお人らは、みんなそうでやしたからねえ。ともかく身ひとつで、誰にも知られず、そっと素早くでやした。そのとき大事《でえじ》なのは、持ち出すものは持ち出す。これにつきまさあ。それで近所へふらりと出かけるふりをして外へという寸法でさあ。あとはあっしらにお任せくだせえ。近所にも道々のお人らにもわからねえように按配《あんばい》しまさあ。十両の駄賃は、無事江戸を出たところでいただきやしょうかい」

「よかろう。それにしても、手慣れているようだなあ。おめえさっき、これまで手がけた人らと言ったが、もう幾人も江戸から逃がしているのか」

「へえ、それはまあ。夜逃げもあれば昼間の明るいうちってのもありやしてね。そのつど、逃げ方は変わりまさあ。いまこうして話しているときにでも、本郷の動き次第じゃ、銀次の兄イが飛びこんで来て、患者もそのままにってことになるかもしれやせん。事態はそこまで切羽詰まっていると思ってくだせえ」

「相分かった。師匠にそう言っておこう」

「お願《ねげ》えしやすぜ。おっと、もう帰《けえ》らなくちゃならねえ。こうしているあいだにも、本郷に動きがあるかもしれやせん」

と、実際に急ぐように又平は腰を上げた。

右善もそれにつづき、

「裏の勝手口から出ろ。こんど来るときはそこからだ。板戸の小桟《こざる》は上げて、外からでも開けられるようにしておくから」

「へい。そのように」

用心深いのが習性か、離れの玄関から裏庭へ出るときも、又平は左右に目を配ってから敷居をまたいだ。

「そこだ。このあと儂はころあいをみて、ずっとここにいることにする。板戸を入ったら、すぐここの戸を叩け」

「へい。そのようにさせてもらいやす」

又平は裏の路地へ出た。

右善は言ったとおり、板戸の小桟は上げたままにし、

「ふーっ」

大きく息をついた。

四

このあとすぐだった。

「おぉ」

右善は思わず声を洩らした。療治部屋に戻ろうと、おもての庭に出たときだった。冠木門を藤次と色川矢一郎が入って来たのだ。色川は職人姿だった。

もし又平をおもてから帰していたなら、鉢合わせになっていただろう。まだ双方に面識はない。色川が職人姿とはいえ、隠密廻り同心だ。しかも岡っ引の藤次と一緒である。悪党が最も嫌う相手だ。すれ違っただけで危険を嗅ぎ取ったかもしれない。色川と藤次も、又平から悪のにおいを感じたかもしれない。せっかく又平は気をよくして帰ったのに、これはどういうことかと療治処に探りを入れ、自分たちが嵌《は》められていることに気づくことになったかもしれない。

右善は胸をなで下ろしながら、

「おぉう、待っていたぞ」

と二人を迎え、裏手のほうを手で示した。

声が聞こえたか、竜尾が障子を開け、うなずきを見せた。

離れの部屋で、三人は鼎座《ていざ》になった。

右善が、いましがたまで又平がここにいたことを話すより早く、

「いやあ、驚きやした」

と、色川のほうがさきに言った。職人姿のときには、それにふさわしい言葉遣いに

なり、右善もそうなる。

昨夜、荒波甲兵衛と堯、甲一郎が療治処へ打込んだことを藤次から聞かされ、驚愕しているのだ。もちろん藤次は、その後の経緯も詳しく色川と善之助に語った。

「とりあえずあっしが藤次と一緒に療治処《ここ》へ詰め、善之助どのが捕方数名を引き連れ、湯島の自身番に詰める算段はしておきやした」

と、与力も承知したという。隠居の児島右善の名を出し、品川の殺しと係り合いがありそうだと説明すると、与力もようやくその気になったらしい。

留造が手焙りの炭火とお茶を運んで来た。又平のときにはなにもしなかったが、待遇にかなりの差がある。

「師匠にはあとで儂が話すから」

と、湯飲みを口に運び、

「さっきはまったく、間一髪《かんいっぱつ》じゃったぞ」

と、こんどは右善が話す番である。鼎座のまん中に手焙りの炭火が燃えている。

けさ、お定が明神坂上で銀次と接触し、さきほど又平が話した、武士二人が荒波甲兵衛たちの長屋に入り、そのあと療治処にも探りを入れていたことを語った。

武士二人なら藤次も見かけている。

「そのお人ら、大旦那の推測どおり松平さまのご家中と思いやすが、やはりあとを尾けて確認しておくべきでやしたねえ」

「いや、それはいい。それにしても、荒波どのたちがすぐ近くの本郷に住んでいたなど、なんとも不可思議な縁を感じるわい」

右善が言ったのへ色川が、

「あっしもそれを感じやすが、これまでの銀次と又平とやらの動きを聞きやすと、やつらのねぐらまでこの近くだったという偶然などあり得ないでしょう。つなぎの速さから、おそらくこの近くに足溜《あしだま》りを置いているに違《ちげ》えありやせんぜ」

「あっしもそう思いまさあ」

藤次がうなずきを入れ、色川はつづけた。

「そこさえ判れば、善之助どのに来てもらって打込み、一網打尽にできると思うんでやすがねえ」

「いや、それはならねえ。又平は〝こっちはそんなに人数はそろっちゃいねえ〟などと言っておったから、やつらめ十人、二十人の大所帯じゃのうて、小まわりの利く五、六人だと儂はみた。したが、詳しい数はわからねえ。今宵、遁走の旅先で儂と竜尾どのを襲うのに、全力を挙げて来るだろう。その現場を押さえりゃあ、品川や千住や内藤新宿の余罪を吐かすにも手間取らずにすむはずだ」

「ふむ。足溜りを押さえただけじゃ、やつらめ、単なる逃がし屋だと言い張るかもしれやせんからねえ。殺しなど無縁な……」

と、藤次。色川も得心したようにうなずいた。

藤次はつづけた。

「それにしても、なんとも小まめなやつらですぜ。お江戸のあちこちに網を張って、夜逃げや駆落ちの兆《きざ》しを見つけては言い寄るんでやしょうねえ。目をつけられた者こそ、いい災難で」

「その災難の、伊勢屋の紗枝と辰之助の敵《かたき》は、きっと取ってやる」

色川が言うと藤次は、

「そりゃあそうでやすが、やつら、どう紗枝と辰之助をたらしこんだのか。伊勢屋も品川から第一報が入《へえ》るなり素早く処理し、大旦那も三八駕籠を使って事故だったとのうわさをながし、うまく伊勢屋を救いなすったもので」

崇敬の念を込めて言った。

色川が話をもとに戻した。

「話を聞いていると、そやつら極悪人のくせして、ちょいと間抜けなところもあるように感じまさあ」

「そう、あっしもで」

藤次がまた言った。

「あやふやな仇討《あだう》ち話を仕入れ、そのまま討手と敵持《かたきも》ちとを取り違えているばかりか、大旦那が奉行所の隠密廻りだったってことに、気がついちゃいねえようで。近所で聞き込みを入れりゃあ、すぐにわかりそうなものなのに……。おそらく敵を取り違えたように、大旦那を単なる用心棒か敵の一人と思いこみ、近所へは用心棒の腕のほどを聞き込んだだけで、前身までは用心のためかえって訊くのをひかえたのでやしょう。この町の住人も、訊かれなきゃ応えやせんからねえ」

さすがは熟練の岡っ引の目である。

「そこがまたやつらの、用心深《ぶけ》えところともいえそうですぜ。ちょいと間が抜けているような。ふふふ」

「したが、なめてかかっちゃいけねえぜ。相手は極悪非道を幾度も重ねているに違《ちげ》えねえのだからなあ」

色川がつないだのを右善がたしなめ、

「あとしばらくすれば、銀次と又平がここへ来る。出立《しゅったつ》は奴らの言うとおりにする。

おめえらはそのあと間合いを取り、尾《つ》いて来る与太どもを割り出せ。遊び人か旅装束かはわからねえ。荒波さんたちは、おめえらのずっとうしろに尾いてもらえ。それらの首尾を、板橋宿あたりでなんらかの方法で儂に知らせろ」

荒波甲兵衛たちは、とくに堯が、

「——わたくしの蒔いた種です。ケジメをつけさせてくださいまし」

と、一緒に動きたいと譲らなかったのだ。相手の人数が判らない以上、右善も後詰《ごづめ》が必要と承知したのだった。

さらに右善は、

「善之助だが、できるだけ板橋に近《ちけ》えところに待機させろ。本郷の自身番だ」

「ならばさっそくあっしが走って報せて来まさあ」

「いや。ここを儂らがいつ出立するかわからねえ。湯島の自身番に頼んで誰かに行ってもらえ。ともかくきょう、日暮れてから板橋宿を出たあたりが正念場だ。全員、生け捕りを目標とする。ただし、手に余るときは斬って捨てよ」

「へいっ」

「承知」

藤次と色川は返した。

五

陽が中天にさしかかった。

待合部屋に人はおらず、療治部屋には竜尾が一人になっている。色川と藤次はすでに自身番への依頼をすませ、母屋の奥に潜んでいる。

「いったいこれから、なにが始まるんでしょうねえ」

「なあに、師匠と右善の旦那が薬草掘りに遠出するのへ、俺たちがちょいとつき添うだけさ。あしたには戻って来ようて」

お定が心配そうに言ったのへ、色川が応えていた。実際、竜尾は右善のように地味ではないが、紺色がかった絞り袴に筒袖を着こんでいた。ふところには飛苦無が入っている。さきほど離れで右善から又平の来た用件を聞き、身支度を整えたのだ。右善は離れで一人、銀次と又平が来るのを待っている。

(伊勢屋の紗枝と辰之助だけではねえぜ。余罪は内藤新宿と千住だけじゃあるめえ。今宵、全部まとめて敵《かたき》を取ってやるぜ)

念じている。

来た。勝手口の板戸の開く音に、離れの腰高障子を叩く音がした。

「入んねえ」

「へえ」

と、玄関の土間に立ったのは、はたして銀次と又平だった。なんと手甲脚絆《てっこうきゃはん》に脇差、縞《しま》の合羽《かっぱ》に道中笠まで手にしている。まるっきり旅のやくざ姿だ。二人とも切羽詰まった表情で、土間に立ったまま銀次が言った。

「いますぐ発ちやすぜ。準備はよろしいかい。助っ人の侍《さむれえ》二人が帰ったあと、長屋の三人は一歩も外に出ねえ。おかしいと思いやせんかい。打込み時を待っていやがるのでさあ。それが何時《なんどき》かわかりやせん。やつらが動いてからじゃ、もう遅うござんす。さあ、女先生を呼んでくだせえ。ここから出やしょう」

ハッタリではなさそうだ。動かぬ荒波甲兵衛たちに、真剣にそう判断したようだ。さすがに逃がし屋だけあって、用心深く動きも迅速だ。

甲兵衛たちに、

「――きょうはお三方《さんかた》とも帰れば一歩たりと動かず、儂からのつなぎを待ちなされ」

と、指示したのは右善なのだ。

右善は銀次たちに合わせ、

「ここで待っておれ」

と、おもてにまわり、

「来たぞ。いまからだ」

色川と藤次に告げ、竜尾と一緒に裏手にまわった。竜尾は風呂敷包みを腰に巻き、防寒に厚手の半纏《はんてん》を羽織り、手拭を姉さんかぶりにしている。離れの前に旅姿の銀次と又平が待っている。すっかり準備を整えていた竜尾に、

「おお」

二人は声を上げ、

「さあ、旦那も」

銀次に言われ、右善は離れの部屋に入り、すぐに出て来た。打飼《うちがい》袋《ぶくろ》を背に、竜尾とおなじように厚手の半纏を羽織っている。

又平が、

「あれ、旦那。刀は？」

「ああ、あんなのは道中のじゃまになるだけだ」

右善は応えた。腰に大刀も脇差もなく、長尺苦無を提げているだけである。二人の襲撃を誘い、生け捕りにするためである。

銀次と又平は顔を見合わせ、かすかにうなずきを交わした。右善も竜尾も、刃物はなにも持っていないのだ。

(これは好都合だぜ)

二人の目は言っている。

「さあ。江戸を出るまで、段取りは任せるぞ」

「へえ。持つべきものは持ちやしたかい」

「むろん」

竜尾が応え、ふところを叩いた。右善も叩いた。銀次と又平は、またうなずきを交わした。どちらも膨らみぐあいから、かなり持ち出したように見える。

裏の勝手口から出て角を曲がったところで、

「おや。お師匠と右善の旦那。どちらへ」

「はい。きょうはちょいと薬草掘りに」

「ああ、それでそのような身なりを」

町内のおかみさんに声をかけられ、竜尾が返した。二人ともそのいで立ちなのだ。おかみさんは、やくざの旅姿が近くにいても一緒だとは思わなかった。

歩を踏みながら銀次が言った。

「さすがは女先生。落ち着いていなさる。いい度胸ですぜ」

「なにを言うか。この土地に名残惜《なごりお》しく、断腸の思いなのだぞ」

「わかっていまさあ」

竜尾に代わって右善が掠《かす》れた声で応えたのへ、銀次は恐縮したように言った。やくざ姿の二人は、あくまでも低姿勢だ。

四人の足は本郷の通りとつながっている湯島の通りは踏まず、不忍池《しのばずのいけ》のほうへ向かった。加賀藩の上屋敷の裏手を大きく迂回することになる。

銀次が言った。

「言いやしたでしょう。討手は本郷にねぐらをおいてまさあ。そこを通るわけにゃいきやせん。途中で討手とばったりなんてことになりかねやせんからねえ。本郷を過ぎたあたりで中山道へ出やすので、ご安心くだせえ」

「うむ、用心深い。気に入ったぞ」

右善は返した。あとは銀次と又平が肩をならべ、そのうしろに右善と竜尾がつづき、黙々と町場や武家地に歩を拾った。

この配置はありがたかった。ときおりふり返っても、前の二人には気づかれない。背後に職人姿の色川も、脇差を帯びた町衆姿の藤次も尾いていなかった。だが、二人にそつはない。一行が板橋宿に向かうことはわかっている。色川と藤次は、湯島の通りに出て本郷の通りに向かっているのだろう。二人には本郷の荒波甲兵衛たちに事態を知らせ、さらに銀次たちの仲間を確認する仕事がある。

（その役務を果たそうとしている）

右善は思ったが、やはり姿が見えないのではいささか不安になる。

銀次と又平、右善と竜尾の一行は、銀次の言ったとおり、加賀藩上屋敷を過ぎたあたりで中山道に出た。往来人に着飾った者は少なく、大八車や荷馬が多く、これが湯島や本郷と一本につながった街道かと思えるほど、往来の雰囲気が異なる。

右善と竜尾は歩を踏みながら、ホッと安堵の息をついた。背後に旅姿ではないが着物を尻端折《しりはしより》に脇差を帯び、厚めの半纏を着こんだ一見遊び人とわかる男が二人つながり、そこからかなりうしろに色川と藤次の姿が確認できた。さらにそのうしろには荒波甲兵衛たちがつづいているはずだが、そこまでは見えなかった。

加賀藩の中屋敷がある駒込村《こまごめむら》にさしかかったときだった。背後の遊び人風と風体の似た若い男が一人、不意に脇道から飛び出てくるなり、急ぎ足で前方の銀次たちのひとかたまりを追った。右善と竜尾を追い越し、銀次と又平の横にぴたりとつき、おなじ歩調を取りながら言った。右善と竜尾には、すぐ前だから聞こえる。

「本郷の討手ども、動きやしたぜ」

言うと男は歩をゆるめ、背後の遊び人風二人とひとかたまりになった。色川と藤次の視界のなかだった。その男の存在はすでに掌握しており、色川と藤次には見当がついた。歩を踏みながら、

「これでやつらの後詰《ごづめ》は三人になったな」

「そのようで」

短く言葉を交わした。


中山道で右善と竜尾が、旅姿ではない遊び人風二人と、そのうしろに職人姿の色川矢一郎と、股引《ももひき》に着物を尻端折に脇差を帯び、厚手の半纏を着こんだ藤次の姿を見いだし、ホッとするすこしまえである。

色川と藤次は、銀次と右善たち四人が療治処の勝手口を出て、不忍池のほうへ向かったのを確認するとその意図を覚《さと》り、自分たちは湯島の通りに出た。そのまま本郷へ進み、荒波甲兵衛たちにつなぎを取るためである。二人は右善の期待どおり、情況を判断した行動を取っていた。

二人が本郷の長屋の路地に入ったのを、脇差を帯びた一見与太風の若い男が見てい

た。路地に入った職人と町衆の二人はすぐに出て来た。与太風の男はあとしばらく路地の出入り口を見張った。裁着袴《たつつけばかま》に大小を帯びた若い浪人と、手甲脚絆に着物の裾をたくしあげ、頭には手拭を姉さんかぶりに載せ、細い杖を持った若い女が路地から出て来た。そのまま白いたすきを掛け鉢巻を締めたなら、即打込み装束となる。甲一郎と堯である。甲兵衛は、足手まといになっては右善どのと竜尾どのに申しわけないからと、長屋に残ったようだ。

若い男は驚き、長屋の路地を出た堯と甲一郎の行く先も確かめず、スワ打込みと中山道に出て急いだ。それを物陰から色川と藤次は見ていた。長屋の路地に入ったときから、二人はその若い男に気づいていたのだ。

「――あやつを尾ければ、銀次と大旦那たちの所在がわかりやすすぜ」

と、うなずきを交わし、あとに尾いた。路地を出て尾行をまくように町内を一巡した堯と甲一郎が、そのあとにつづいた。

中山道に出た。加賀藩上屋敷の前を過ぎたあたりで、先頭が銀次と又平、それに右善と竜尾のひとかたまりと、そのうしろに与太風の若い衆二人、さらにそのうしろに色川と藤次、そして最後尾に堯と甲一郎がつながるというかたちが出来上がった。若い衆二人は銀次たちの出て来る地点を知らされており、その近くで待っていたようだ。

銀次たちの策も、なかなかのものである。右善と竜尾を挟むかたちになっている。そこへ一人の若い衆が先頭の銀次と又平に追いつき、そして歩をゆるめ与太風の二人とひとかたまりになったのだ。

藤次がふり返り、うしろに堯と甲一郎が尾いて来ているのを確かめ、互いにさりげなく手で合図を交わした。

銀次がふり返り、歩を進めながら右善と竜尾にさりげなく言った。

「朝方に出入りしていた侍二人、やっぱり助っ人でやしたねえ。討手が打込み装束でねぐらを出やしたぜ」

「えっ」

竜尾が驚きの声を上げ、右善と顔を見合わせ、軽くうなずきを交わした。

(甲兵衛たちが出立《しゅったつ》した)

と、認識したのだ。実際には甲兵衛は部屋に残り、出たのは堯と甲一郎だが、出立したことに違いはない。

右善が前を歩く二人に問いを入れた。

「あと、物見《ものみ》は出しておらんのか」

「そんな余裕などありやすかい。ともかくあっしらが請け負ったのは、おめえさま方を安全な地にお逃がしするだけで、あとのことは知りやせん」

銀次が応え、

「へへへ」

と、又平もふり返った。

「さっきのは、ちょいと小遣いをやって、きょうだけ本郷を見張らせていた与太でさあ。ただそれだけのやつですが、いい仕事をしてくれやした。帰ったら小遣い、水増ししてやりてえくれえで。それよりも、いまごろ湯島の療治処、大騒ぎになっていやすぜ。まったく間一髪でやしたねえ。あははは」

「笑っている場合じゃねえぞ。さっきまでお二人はそこにいなすったのだ。まだ遠くへは行っていねえだろうと追っ手が出るかもしれねえ。さあ、急ぎやしょう」

銀次は言い、早足になった。

この言葉は右善と竜尾に、堂々とふり返らせる機会を与えた
二人はふり返り、目を凝らした。三人になった若い衆の十間《じっけん》（およそ十八米《メートル》）ほどうしろに色川と藤次が尾いているのを、慥《しか》と確認した。さらに十間ほどうしろに堯と甲一郎の姿が、往来人や荷馬、大八車のあいだに見え隠れする。甲兵衛が見えないのは、なにかの陰になっているのだろうと思った。

色川と藤次はすでに、甲兵衛が来ていないのを認識していた。ふり返ったとき、尭がそれらしく手で合図をしたのだ。

それに、療治処になにも起こっていないことを知らせに来る者がいない。これほど大事なことを知らせに走る者がいないということは、療治処に人を張りつけていない……。あとは野となれ山となれで、この五人が一味の総数とみて間違いないだろう。

「さて、これを右善さまにどう報《しら》せるかだ」

「どこか茶店にでも入《へえ》ってくれるといいのでやすがねえ」

色川と藤次は、右善たちと三人の若い衆を視界に収め、歩を進めた。うしろには尭と甲一郎がつながっている。二人は一味に顔を知られているだろうから、イザという時がくるまで、できるだけ離れていなくてはならない。

加賀藩の中屋敷がある駒込村《こまごめむら》を過ぎると、街道を行く人影も荷馬も大八車もまばらとなる。

陽はすでに西の空にかたむこうとしている。板橋宿は近く、冬場で日足が短いといっても、日の入り前に宿場へ入ることになりそうだ。

（このぶんじゃ、板橋を抜けてもまだ明るいぞ）

（どこで仕掛けるつもりでしょう）

右善と竜尾は、目と目で語り合った。

六

駒込を過ぎてからまばらとなった往来人や荷馬、大八車などが、ふたたび増えはじめた。板橋宿が目の前である。人の動きが慌ただしい。陽のあるうちに仕事をすませてしまおうと、誰もが急ぎはじめるのだ。

その慌ただしさのなかを宿場の通りに入った。いっそう慌ただしくなる。

右善は前を歩く銀次と又平に声をかけた。

「ようやく江戸を離れたなあ。間一髪のところをよく迎えに来てくれた。それだけでも十両の価値はあるぞ」

「へへ。そう言っていただければありがたいですぜ」

又平がふり返って応えた。

さらに右善は言った。この二人の策を探るためである。

「ここまで来ればもう安心だ。謝礼の十両を渡そう。儂らはこの宿場で今宵一晩泊まり、あしたの朝早くに発って、江戸をなお遠く離れるゆえ」

「旦那」

と、銀次が足を止めふり返った。

「不用心ですぜ。討手はきっとあちこちに探索の手を差し向けていまさあ。湯島の場所柄、この中山道へまっさきに人を走らせていやしょう。ここで女先生と旦那が見つけられたんじゃ、目も当てられやせんや。もうすこし、つき合わせてくだせえ」

「そんなに危ないのか」

ほこりっぽい往還の隅で、立ち話のかたちになっている。

「そりゃあもう。ちょいとようす見をしやしょう」

と、ふたたび歩を進めた。いずれも旅姿だから、あちこちの旅籠から声がかかる。

それらをふり切るように歩を拾い、入ったのは料理屋だった。

障子窓を開ければ外の通りが見える部屋をとった。腹ごしらえをしながら、銀次と又平は障子窓をすこし開け、外の監視を怠《おこた》らなかった。右善と竜尾も色川たちが心配なので、ときおり外を見た。姿は見えない。おそらく近くの屋台でそばでも手繰《たぐ》りながら、前面の三人から目をそらさず、料理屋から銀次と右善たちが出て来るのを待っているのだろう。

このとき堯と甲一郎は、色川と藤次に合流していた。堯たちからは右善たちが見えず、料理屋に入ったことも知らない。そのまま進んで来たのを、藤次が呼びとめたのだ。夕暮れ時の人混みである。前方の与太三人がふり返っても、顔を見られる恐れはない。それら三人も、料理屋に近い屋台の客になっている。

料理屋の中では、暗くなるまでの時間稼ぎだけではなさそうだ。ときおりすき間からのぞくだけでなく、障子窓を開けて首を外に出している。

「追っ手らしい者は来ねえなあ」

「もう宿場に入《へえ》って、宿《やど》を一軒一軒、訊いてまわっているのかもしれやせんぜ」

二人は話す。まだうわさの〝敵討ち〟を信じ、きょう療治処に〝打込み〟があったことまで、疑っていないようだ。あとは低い声になり、ひと言ふた言、聞き取れなかった。不意に又平が、

「すまねえ、兄イ。ちょいと厠《かわや》に行ってくらあ」

と、腰を上げ、廊下に出た。

足音が遠ざかる。

「どうだ、代わってやろうか」

「いえ、大丈夫でさあ。そのまま腹ごしらえをしていてくだせえ。女先生も」

部屋の中で右善が言ったのへ銀次は返した。

「ほんとうにお世話になります」

竜尾が返す。

部屋を出た又平は、厠ではなかった。料理屋の玄関から外に出ていた。銀次が障子窓の監視を右善に譲らなかったのは、そのためだった。

外に出た又平は、すぐ近くの屋台に走った。さっき銀次と又平は、障子窓から首を出したとき、配下の若い衆三人がすぐそこにいることを確かめていたのだ。

又平は三人といくらか立ち話をすると、また急ぐように料理屋に戻った。

この動きは、色川たちも二杯目の碗を手に、確認していた。しかし、

「やつら、いったい？」

なんのつなぎを取ったのかわからない。

「やはりあの三人、仲間だったのですねえ」

堯が言ったが、確認できたのはそれだけである。右善と竜尾に、お仲間は三人のみということを知らせる手段もまだ得ていない。

陽が落ちた。往還には大八車や荷馬はいなくなり、せわしなく行き交う人影ばかりとなっている。これから急速に寒さが増し、夜の帳《とばり》が降りる。

「へへ、長くなって申しわけねえ」

と、又平が部屋に戻って来たとき、外はまだ明るかった。

「すまねえ、兄イ。代わりやしょう」

と、又平が障子窓の前に座りこむと銀次は、

「もういいぜ」

又平に言い、右善と竜尾に向きなおり、

「追っ手は来ねえようで。宿《しゅく》の一番先の旅籠に入《へえ》りやしょう。そこから朝一番に発ちなせえ。あっしらは江戸に戻りまさあ。そのときに駄賃《だちん》の十両、お願《ねげ》えしやすぜ」

言うと腰を上げた。

(今宵、宿《やど》に泊まる？　宿場を出て、そこで襲うのではないのか)

右善は疑問に思いながらも、

「ふむ。あしたの朝、別れるか。世話になったなあ」

「なあに、人助けがあっしらの稼業でさあ。おい、又平。行くぞ」

「へい」

銀次が言ったのへ又平は返し、なにを思ったか障子窓からふたたび首ばかりか手まで出し、座ったばかりの腰を上げた。

竜尾も首をかしげながら身支度を整え、右善も打飼袋を背に結んだ。

冬場の夕刻はまさしくつるべ落としで、外はすでに薄暗さを感じるほどとなっている。おなじ宿場の中でも、一番先の旅籠では着いたころには、もうすっかり暗くなっているかもしれない。

（そこで？　暗くても、人通りはまだあろうに）

右善たちの疑問は消えない。

仲居が玄関の土間まで下りて見送る。

入ったときとおなじで、銀次と又平がさきに暖簾を頭で分け、つぎに右善と竜尾が出る。そのうしろに三人の若い衆、さらにうしろに色川と藤次、堯と甲一郎という、ここまで来たときとおなじ態勢が夕刻の板橋宿の街路に組まれた。暖簾を背後に、それを確かめるように右善と竜尾は再度うなずきを交わした。竜尾は、お菊の敵討ちを助勢したときとは異なり、自分が狙われているのだ。表情に緊張の色を刷《は》いている。

いつもより口数の少ないのは、そのせいのようだ。

暖簾を出た。まだ街道に人通りは多く、旅籠からは出女《でおんな》が往還に出て客引きの黄色い声を張り上げている。

さきに出た銀次が真剣な表情で言った。

「まわりに気をつけてくだせえ。追っ手がどこから現われるかわかりやせんから」

「そ、そうで」

又平がさらに上ずった声でつないだ。

(こやつら、いったいどこで打ちかかって来る)

まだ相手の策が読めないまま、右善は竜尾をうながし、銀次と又平のうしろにつづいた。数歩、歩を踏んだときだった。まだ料理屋の前だ。

背後が不意にざわつき、

「キャーッ」

「どうしたあ!」

女の悲鳴に男の声が重なった。

(なにごと!)

さすがに右善と竜尾である。同時にふり返り、身構えた。

聞こえた。

「親のかたきーっ、見つけたりーっ」

叫ぶ声に抜刀した男が駈けこんで来るではないか。

「なに!?」

右善は驚き、竜尾も現状が理解できない。抜き身の脇差を振りかざし迫って来る男は三人、あの与太どもではないか。なぜ！　右善と竜尾に、思考をめぐらせている余裕はない。

驚いたのは、その背後の色川と藤次、堯と甲一郎らもおなじだった。これ以上そばを手繰《たぐ》れないほど腹を満たし、屋台のかたわらの物陰に身を置いていたときである。ともかく四人は物陰から飛び出した。さすがに隠密廻り同心と敏腕の岡っ引、さらに神経の安らぐときもなく、敵持ちの父につき添って来た姉弟である。状況が理解できないまま、からだが反応していた。

職人姿の色川はふところから十手を取り出し、町衆姿の藤次は腰の脇差を抜き、甲一郎は、

「姉上！」

と、腰の脇差を鞘《さや》ごと抜いて堯に放り投げるなり大刀を抜き、堯は受け取った脇差の鞘を払い、駈け出した色川と藤次につづいた。甲一郎の腰の大小は、一本は堯が使うためとあらかじめ話し合っていたようだ。

「キャーッ」

刃物の出現に、また悲鳴があがる。さっきの悲鳴も、与太三人の突然の刃物に対してであった。

一方、右善と竜尾である。最初の悲鳴に身構えたのがよかった。右善は腰に提げていた長尺苦無に手をかけ刀のように引き抜いた。竜尾は腰を落としたままふところから飛苦無を取り出し、頭上に振りかざした。

その背後にまたざわつきと悲鳴。

（ん？）

右善はふり返った。なんとすぐうしろで銀次と又平が抜き身の刀を振りかざそうとしているではないか。背後にざわつきと悲鳴がなかったなら、気がつかず背をざくりと斬り裂かれていたかもしれない。

竜尾に又平が向かい、銀次は右善に向かっていた。

「竜尾どのっ」

とっさに右善は竜尾に体当たりし、

――キーン
長尺苦無で又平の脇差を逆げさに斬り上げるかたちで防いだ。

「ううっ」

又平はうめいた。脇差が折れたのだ。あと又平になす術《すべ》はない。だが、打ちかかって来たのは二人同時だった。防ぎ切れない。だが銀次にとっては、標的が思わぬ動き

をし、位置まで変えている。それでも、

「野郎っ」

銀次は右善の背に脇差を振り下ろした。

「うっ」

右善は背にチクリと冷たいものが走ったのを感じた。

——カツン
音とともに銀次の脇差は動きを止めた。なにやら固いものに当たったのだ。背の打飼袋には、竜尾の懐剣が入っていた。戦いが始まる前に、素早く竜尾に渡す算段だった。その懐剣が、銀次の刃《やいば》を受けとめたのだった。

右善は反撃の余裕を得た。ふり返りざま、

「だーっ」

長尺苦無で銀次の胸を打った。骨を直撃した感触があった。

「うぐっ」

痛さからか銀次はその場にうずくまった。

それを見た又平は、

「ひーっ」

悲鳴を上げ、逃げ腰になった。

「逃がさんぞ」

右善の長尺苦無が胴を打った。

「うぐっ」

骨まで打たずとも、衝撃は大きい。又平は脾腹《ひばら》を押さえ、うずくまった。

竜尾も戦った。右善の体当たりに数歩はね飛ばされ、均衡を失った。前面から脇差を振りかざし向かって来る与太に、飛苦無を放《はな》った。均衡を崩したままである。しかもあと数歩という至近距離だった。威力はない。顔に当たったが刺さらない。だが、顔である。そこに覚える恐怖感は大きい。

「うっ」

瞬時、動きを止め、

「うーっ」

うめき声を上げ、竜尾のすぐ前に崩れ落ちた。追って来た藤次の脇差がその肩を打ったのだ。峰打ちである。

走りながら色川は十手を振りかざし叫んでいた。

「そやつら、江戸の盗賊である」

「おぉぉ」

往来人から声が上がる。

背後から追う者がいたなど、三人の与太には予期せぬことだった。ふり返って見ると十手をかざしている。しかも一、二歩遅れて迫って来るのは、湯島の療治処に打込んだはずの若い浪人と武家娘ではないか。

まっさきに足をもつれさせたのは、堯と甲一郎が本郷の長屋を出たのを見とどけ、街道を急いで銀次たちに知らせた男だった。

（なぜ⁉︎）

瞬時、身が硬直したことだろう。

そこへ、

「だーっ」

「うぎゃー」

甲一郎の大刀が振り下ろされ、与太は悲鳴を上げ崩れ落ちた。

戸惑ったもう一人の与太には、堯が走り込みざまに襲いかかった。

「えいっ」

「うわっ」

脇差が首筋に打込まれ、

――カシャ
与太は脇差を地に落とした。峰打ちでも瞬間の衝撃は大きい。

一人だけ突進した与太が、竜尾に襲いかかり飛苦無を顔に浴びせられ、背後から藤次の峰打ちを受けたのである。

この瞬時の出来事に、すでに野次馬が夕刻の街道のながれを堰《せ》き止めていた。

ふたたび色川は十手をかざし、大音声《だいおんじょう》を上げた。

「江戸北町奉行所の隠密廻りである。この者どもは江戸より追って来た、人殺しの極悪人である。誰か、宿《しゅく》の番屋に走り宿場役人を呼んで来られよ！」

「おーっ」

数人が走った。

このときようやく竜尾が、

「右善どの、背中に血が！」

「ん？　そういえば背になにやらチクリと感じたが」

「放っておけませぬ。さ、中へ」

料理屋のひと部屋を借り、堯が代脈がわりにつき添った。

このあと竜尾は番屋で銀次も診たが、肋骨に異状があるようだった。さっそく堯も手伝い、包帯にするさらしの用意や、痛み止めの薬湯の調合にかかった。このとき初めて右善は堯から、甲兵衛の来ていない理由《わけ》を聞いた。

甲兵衛は右善とさして年齢は違わない。右善は言ったものだった。

「敵討ちの慣《なら》わしとは酷《むご》いものよ。精神も肉体も老けさせるとは」

外はすでに暗くなっていた。

七

五人は縄を打たれたまま、番屋の土間に転がされている。油皿の灯芯の灯りに、それらの姿が浮かんでいる。銀次だけは、うしろ手に縛られただけで、又平たちのように高手小手《たかてこて》に戒《いまし》められてはいなかった。竜尾の計《はか》らいだった。

五人とも、まだ状況が呑みこめない表情である。無理もない。敵味方であるはずの療治処の二人と本郷の二人が、一緒になって奉行所の隠密廻りに合力していたのだ。堯と甲一郎が長屋を出たのを確認し、知らせに走った男などは、

「お、俺、ま、まだ狐か狸に、つ、つままれているのかい」

真剣な表情で言っていた。かくも瞬時に抑えこまれた銀次たちの敗因は、その言葉に集約されていようか。

その後の色川矢一郎の処置は迅速だった。宿場役人に、

「卒爾《そつじ》ながら、場をお借りし申しわけござらん。すぐにこの者どもを江戸へ引き立てもうす」

騒ぎには違いないが、殺しがあったわけではない。宿場役人らに異存はなかった。ないどころか、面倒は早く去って欲しいところなのだ。

「若い足達者な者を」

との要請にもこころよく応じ、宿場の若者が二人、番屋の弓張提灯を手に本郷の自身番に走った。そこには児島善之助が打込み装束で、捕方五人を引き連れ待機している。すこしでも板橋宿の近くにと、湯島の自身番より移動していたのだ。三八駕籠も帯同されよとの、色川の言付《ことづ》けがあった。

本郷の自身番で、善之助は板橋宿の若者から駕籠を帯同する理由《わけ》を聞かされ、仰天した。捕方を一人、湯島に走らせた。権三と助八はもう寝ていたが、

「なんだって！　右善の旦那が斬られなすっただと!!」

飛び起き、空駕籠を担ぎ、捕方と一緒に本郷に走り、さらに待っていた善之助の一

行と走った。宿《しゅく》の若者の話では捕物はすでに終わっているが、右善が斬られたという。若者は料理屋には行っていない。負傷の状況がわからない。暗く人通りの絶えた中山道に、弓張提灯と三八駕籠の小田原提灯が激しく揺れた。板橋宿に入ると捕方の一行は番屋に直行し、権三と助八は若者の先導で料理屋に飛びこんだ。番屋で銀次の骨の具合を診た竜尾は料理屋に戻り、堯と一緒に右善につき添っていた。

「旦那ア!」

「具合はっ」

権三と助八は部屋に飛びこみ、拍子抜けした。右善は臥《ふ》せっているのではなく、

「おおう、来てくれたか」

と、にこやかに二人を迎えた。だが、背中から胴にかけてさらしの包帯が幾重にも巻かれている。縫うほどではなかったが、そのぶん傷口が破れぬように、きつい包帯と安静が必要だったのだ。歩いて湯島の神田明神下まで帰ることなどできない。

ならば銀次も含め板橋宿で幾日か養生すればいいのだが、それはできない。管轄外の土地になんの根まわしもなく踏込んだ。その形跡をすこしでも小さくするため、すべてが今夜中に引き揚げる必要があった。それに、

「養生をするなら、無理をしてでも明神下の療治処で」

との右善の希望もあった。

善之助を先頭に、数珠《じゅず》つなぎにした五人の悪党どもを五人の捕方が引き立て、そのうしろに、

「へっほ」

「ほっほ」

と、用心深く揺らさぬように担いだ三八駕籠がつづき、その駕籠を護るように竜尾と色川、藤次、さらに堯と甲一郎がつづいた。ときおり竜尾が権三と助八に、

「ゆっくり、静かに、静かにお願いしますよ」

注文をつけている。

「任せておきなせえ」

「慣れてまさあ」

そのつど権三と助八は応えていた。療治処の患者をいつも運んでいる。さらにいまは人の歩くのとおなじ速さである。

右善が負傷したことも、

「わたくしのせいです」

と、堯はしきりに恐縮していた。

甲一郎も提灯の灯りのなかで、

「私が斬られたほうが……」

言いかけたが、あの防御は右善にしかできないことだった。

本郷に入った。片側には加賀藩上屋敷の白壁がつづいている。竜尾の進言で銀次は捕方二人をつけて本郷の自身番に預け、又平ら四人はそのまま深夜の江戸市中を茅場《かやば》町《ちょう》の大番屋まで引いた。堯は甲兵衛に首尾を伝えるため長屋に戻り、甲一郎は自身番で捕方と一緒に不寝番についた。町の負担を軽くするためである。


翌朝、右善は母屋の一室で目が覚めた。陽はすでに東の空に高くなっていた。お定が部屋に入って来た。昨夜、右善が駕籠で帰って来たときは取り乱した。

「――へへん、どうでえ」

と、権三と助八が静かに運んだことを自慢し、そこに留造とお定は安堵を覚えたものだった。

きょうは、午前中は休みにしていた。駕籠で運ぶ患者には権三と助八がその旨を告げにまわり、直接来た者にはお定が謝りながらお引き取りを願っていた。この日、一番忙しいのはお定だったかもしれない。

「きのうはほんと、心ノ臓が止まるかと思いましたよ。権三さんと助八さんが、駕籠尻を庭につけるなり〝どうでえ〟って自慢するものだから、それでケガだけだとわかり、ホッとしましたよ」

お定は言う。いま竜尾は留造を薬籠持に、本郷の自身番に銀次のようすを診に行っている。これも町の負担を軽減するためだった。自身番で罪人や行き倒れの者を預かることがときどきある。そのときの費用は医療も食事も、奉行所の役人の接待も見張りを雇ったときの日当も、すべて町の費《つい》えとなるのだ。

「お師匠にはきょう、午後も休んでもらいたいですよう」

お定は言った。この部屋で、竜尾はほとんど不寝《ねず》の看病をしていたというのだ。その竜尾が帰って来た。さすがに表情からも疲れているのが看《み》て取れた。

お定の願いを容《い》れ、午後の往診も休むことにした。睡眠不足で疲れていると、鍼を打つとき集中できなくなるかもしれない。

銀次は痛みのようすと患部の腫れ具合から、

「肋骨に罅《ひび》が入っただけで、折れてはいませんでした」

「ほう、それはよかった」

と、右善は安堵した。もし折れていたら、これから厳しい詮議が始まるなか、獄中では満足な治療も受けられず、おそらく死罪は免れないだろうが、刑場に引き据えられるまでにも、相当苦しむことになる。

午《ひる》すこし前、荒波甲兵衛と堯が見舞いに来た。甲一郎はまだ自身番にいるようだ。甲兵衛と堯は、竜尾が戸惑い恐縮するほど幾度も畳に手をついた。

甲兵衛はすでに、

「身勝手ながら……」

と、向後の身のふり方を決めていた。

「お竜どのに、もろうた命じゃ。大事にせねばと思い、武士を捨てますじゃ。京か摂津で、絵師として暮らしたいと思いましてな。さいわい、甲一郎がそれがしの絵心を受け継いでおるようでしてな」

言う表情には決意の色が刷《は》かれていた。

二人が帰ってから右善は言った。

「お堯どのはどうするかなあ」

「ほほほ。あのお方なら、どこでも生きて行けまするる」

「ふむ、そのようじゃ」

竜尾が応えたのへ、右善はうなずいた。

午後の患者は右善ひとりだった。もちろん刀傷は鍼灸師の分野ではない。だが心得はある。傷口に化膿止めをし、包帯を巻き替える。右善はそれを受けながら、言ったものだった。

「傷がこの程度で済んだのは、懐剣のおかげだ。そなたに救われたぞ」

「ほほほ。もし右善どのに突き飛ばされていなかったら、わたくしが斬り殺されておりました」

「あはは、お互いさまじゃのう。あ、痛い」

「あ、ご免なさい。つい力を入れすぎました」

打飼袋の懐剣を、竜尾に渡すより早く戦いが始まり、かえってよい結果を生んだ。それによって竜尾も、飛苦無を至近距離ながら打つことができたのである。右善はつづけた。

「それにしても解らぬ。銀次たちが襲うて来るのは、暗くなり板橋宿を出たところと目串を刺していたのだが、なにゆえあのような挙に出たのか」

「わたくしも、それをずっと考えておりました」

「どう読み解く」

「わかりませぬ」

竜尾は返した。

二人とも、若い衆の一人が〝父のかたきーっ〟と、叫んだのを憮《しか》と耳にしている。だが、右善も竜尾も〝敵《かたき》〟という言葉を口にしたくはなかった。さきほど甲兵衛と堯が来たときも、それが話題になることはなかった。堯たちにすれば、なおさら脳裡から払拭したい言葉であろう。

八

翌日、裏の離れでからだを動かさぬよう安静にしている右善をのぞいて、療治処はいつもの営《いとな》みに戻っていた。

この日も甲兵衛と堯、甲一郎が見舞いに来た。銀次は茅場町の大番屋ではなく、直接小伝馬町の牢屋敷に送られたという。それだけ大番屋での詮議は進んでいるのだろう。さいわい、板橋宿で捕物があったとのうわさは、江戸市中までながれて来なかった。一人も死んでおらず、事は瞬時に終わり、打込み装束の同心に率いられた捕方が板橋宿に入ったのも深夜で、一同はすぐに引き揚げたのだ。

午過《ひるす》ぎ、八丁堀から嫁の萌《もえ》が見舞いに来た。右善のお気に入りの嫁である。

「義父上《ちちうえ》、驚きましたよ。もうお歳なのだから、自重してくださらないと困ります」

嫁といっても八丁堀の組屋敷で、子供のころから知っている娘である。小言《こごと》にも遠慮がない。竜尾にも、

「叱っておいてくださいな」

などと言う。

竜尾が、右善が斬られたときのようすを話すと、

「まあ、義父上らしい。ホホホホ」

と、袖で口を押さえたものの、目はうるんでいた。

さらに萌は言った。

「その懐剣、この家の家宝にはできませぬか」

「しております」

竜尾は応え、座敷の神棚を手で示した。懐剣が祀《まつ》られていた。思わず萌は手を合わせた。

萌が来たのは、見舞いだけではなかった。

「大番屋に引かれた四人はきょう、小伝馬町の牢屋敷に移送されるそうです。主人は

それにつき添ったあと、藤次さんと一緒に療治処《ここ》に来るといっておりました。色川さまは別件があって忙しいとか。夕刻になるらしく、よろしゅうお願いします」

と、それを告げに来たのだ。

銀次も又平も配下の三人も、現場を押さえられたものだから言い逃れはできず、詮議はことのほか順調に進んでいるようだ。

夕刻が待たれる。なぜ、まだ明るさの残っている時分に、しかも人通りのある宿場の表通りで事を起こしたのか、明らかになるかもしれない。

善之助と藤次が来たのは、竜尾と留造が往診から帰って来てすぐだった。竜尾は居間に入るなり、待っていた右善に言った。

「板橋の騒ぎ、まったくうわさになっておりませんでした」

「ほう、よかった。権三も助八も、板橋へ走ったことを町内でも同業にも話していないようだな。うーむ、あの二人、珍しいほどの律義者《りちぎもの》だわい」

右善は満足そうな顔になった。

きょうも朝から右善が療治部屋に出ていないことを患者に訊かれると、留造もお定も応えていた。

「──はい。右善の旦那、薬草掘りで無理をしなさったか、ちょいと風邪をひきまして、離れで臥せっております」

「──へぇえ、あのお人でも、風邪をひくんですねえ。ですが師匠がついておいでなら、悪くこじらせることもありますまい」

患者たちは一様に言っていた。板橋のうわさは江戸府内にながれていない。町内の者は右善が刀傷を負ったことに気づいていない。

竜尾が町のようすを話しているところへ、善之助と藤次を迎えた。まだ部屋に灯りはいらず、留造とお定は台所だった。

居間に座すなり、藤次は言った。

「へへん、大旦那。善之助さまと色川さまは大手柄でさあ」

横で善之助は照れくさそうな表情になり、

「大番屋でも牢屋敷でも詮議は順調に進み、内藤新宿も千住も品川も、やつらの仕業でした。それでお奉行も与力の方々も、事の重大さを認識された次第です。あとは裏付けと余罪の詮議です」

「ほう、それで色川はいま奔走しておるのか。で、板橋の件で色川はとくに厳しく問い詰めていたことがあったろう」

「ありやした、ありやした。そこはあっしも最も知りてえところでござんして」

藤次があぐら居のまま上体を前にかたむけたのへ、右善も応じるようにかたむけ、竜尾も、

「して、いかように」

さきを急かした。現場にいた者は、

(なぜあのような時分にあの場所で)

一様に疑問に思っているのだ。善之助は詮議の結果を語った。

「一味は捕えた五人ですべてでして、三人の若い与太どもは、夜逃げや駆落ちのうわさ集めをもっぱらとし、誘い出して殺しに及ぶのは、銀次と又平がやっていたようです。したが、こたびの誘い出しは、強い用心棒がついていると警戒し、耳役の三人も動員したそうです。当初は板橋宿のはずれで襲いかかる算段だったようですが、明神下を発つのが早すぎ、そこで時間稼ぎに板橋宿で料理屋に入ったものの、用心棒を見ているうちに、これは一筋縄ではいかないと判断し……」

「そうなんでさあ」

と、藤次があとを引き取った。

「暗くなりかけたところで外へ誘い出し、背後から三人に襲わせ、師匠と大旦那がふ

り返ったところを銀次と又平がうしろから斬りかかる。当然その場は大騒ぎになりまさあ。その混乱のなかに素早くふところのお宝を奪い、野次馬に紛《まぎ》れて遁走するという策に切り替えたそうで」

「まあ」

右善は黙って聞いていたが、竜尾は思わず声を上げ、ぶるると身を震わせた。

藤次はつづけた。

「その作戦変更を、又平が厠《かわや》に行くふりをして外の三人に伝えたという寸法でさあ」

右善と竜尾はうなずいた。

藤次はさらに言う。

「ところが最初の一撃を大旦那に挫《くじ》かれ、三人の与太はあっしらが背後から襲いかかったものだから、気が動顛《どうてん》してしまったと言っておりやしたよ」

さすがは現場にいた者の説明で、右善と竜尾は大いに得心した。

だが、もう一つ大事なものが欠けている。

「色川の旦那が問い詰めなさいやして、やつらめ奉行所の探索の目をあらぬほうに向けさせ混乱させるため、銀次が若い与太に〝親のかたきーっ〟などと叫ばせたってことでさあ」

「ほう。やつらもなかなか考えたなあ」

「感心するような問題じゃありませぬ」

右善が言ったのへ、竜尾は怒ったように返し、

「それよりも右善さん」

と、親しく呼び、

「松平さまの動きが気になります。どう幕引きをするのか……」

これは誰にも応えられなかった。もし探りを入れるとしたなら、北町奉行の柳生《やぎゅう》久通《ひさみち》が直接、老中の松平定信に質《ただ》す以外にないだろう。だが、こたびの〝敵討ち〟の真相は、奉行にも隠しておかねばならない。柳生久通に働きかけるなど、できることではない。


松平について、右善は〝おのずと道が開けて来るはず〟と言っていた。

竜尾がそれへの懸念を口にしたのとおなじ日である。松平家横目付番頭《ばんがしら》の森川典明が、幸橋御門の江戸藩邸中奥の御座ノ間で、定信と相対していた。

さきほどから森川は平身低頭しっぱなしだった。森川は言った。

「巷間《こうかん》にながれおりました薩摩の〝敵討ち〟の件でございますが、どうも口さがない

町の雀どものさえずりに過ぎなかったようにございまする」

「どういうことじゃ。調べたのではないのか」

「はっ。討手と思《おぼ》しき浪人者の家族を割り出し、配下の者を遣《つか》わしたところ、敵討ちなど知らぬと言い張り、敵持ちのうわさに合致する女医者も找《さが》し出し、その身辺を探りましたところ、それらしい素振りがありませんでして」

「ほう」

「ところが、連日にわたり女医者の身辺を探りおりましたところ、浪人者家族が女医者の許に親しく出入りしていることが判明いたしましてございます。しかもこたびの件に関し、薩摩藩邸に動きはまったく見られぬとの報告も受けてございます」

結局、松平家横目付の探索では、どちらも〝敵討ち〟とは無関係で、薩摩との係り合いも不明だったのだ。老中である藩主に期待だけ持たせ、骨折り損になった。

平身低頭する森川典明は、罵倒されて脇息《きょうそく》か熱いお茶の入った湯飲みが飛んで来るのを覚悟したが、この日、定信の機嫌がよかったようだ。罵倒もされず飛んで来るものもなく、ホッとした思いで森川は顔を上げ、

「かくなる上は、若年寄さまにご指図いただき、奉行所の敵討ち帳を精査していただければ、新たな探索の糸口もつかめましょうかと……」

「うーむ。二十年も前のことだなあ。捨ておけ。これ以上手間をかけ、助勢したところで、薩摩に花を持たせてやることになるだけじゃ。癪《しゃく》ではないか、あははは」

「ははーっ」

森川は再度低頭し、御座ノ間を辞した。

「ふーっ」

廊下で大きく息を吸い、

(あの敵討ち、いったい何だったのじゃ)

首をかしげた。


四日ほどを経た。

朝早くに荒波甲兵衛と堯、甲一郎が療治処の冠木門をくぐった。旅装束である。きょうが、畿内《きない》に発つ日だった。

「この命、大事にさせていただきますじゃ」

「父・常仙も、それを望んでいるはずです」

甲兵衛が言ったのへ竜尾は応えた。

冠木門の外まで出て三人を見送ったあと、右善は竜尾にきわめて自然に言った。

「儂は竜尾どのに弟子入りしたこと、あらためて嬉しく思えて来たぞ」

「あらあら。わたくしも、右善どのがいてくだされば、なにかと心強うございます」

竜尾は返した。

この日から右善は竜尾のお墨付きを得て、療治部屋に出ていた。腰痛で灸を受けていた町内の婆さんが言った。

「うう、まだまだ。それより旦那、風邪はもうよろしいので。あちち」

「あはは、儂の調合する葛根湯は、この灸のように、よう効くでのう」

右善は言っていた。

この日の午後、右善は留守居で日当たりのいい縁側に出ていた。

まだ陽の高い時分、藤次が来た。きょう奉行所で五人の裁許《さいきょ》があり、余罪もあって銀次と又平は磔《はりつけ》刑獄門（さらし首）、耳役だった若い与太三人は斬首と下され、刑はあしただという。仇は討てた。

「場所は鈴ケ森の仕置場でさあ。裸馬に乗せられた一行は、小伝馬町の牢屋敷を出て神田の大通りを日本橋まで、鍛冶町の伊勢屋の前を通りまさあ」

「そういうことになるなあ」

右善はうなずくように返し、藤次はつづけた。

「さっき、あっしもそこを通って来たんでやすがね、伊勢屋のあるじとおかみさん、どんな思いでそれを見送りやしょうかねえ。商いはもう再開し、以前どおり繁盛しているようでござんしたが、いいんでやすかい」

「ほう」

右善はまたうなずき、言った。

「いいではないか。どんなお店《たな》にもお人にも、世間に知られたくねえことがあり、お上《かみ》もそれを知らねえ。それで救われる人がいるのならなあ」

「へえ」

返した藤次の脳裡には、伊勢屋だけでなく、竜尾の敵討ちの顚末《てんまつ》も浮かんでいたのかもしれない。

知らせに来た藤次が帰り、陽がかなりかたむいた時分、竜尾と留造が往診から戻って来た。右善が裁許のことを話すと、

「あしたですか。銀次さん、骨はまだ元どおりにはなっていないでしょうに」

「あのとき、手加減しておけばよかったなあ」

竜尾が言ったのへ右善は応えた。

あのとき、そのような余裕はなかった。二人の脳裡には、そのときの光景が、脇差

の切っ先が懐剣に当たる音とともに蘇《よみがえ》っていた。

時代小説

二見時代小説文庫

女鍼師《おんなはりし》　竜尾《たつお》　隠居右善《いんきょうぜん》　江戸《えど》を走《はし》る4

著者　喜安幸夫《きやすゆきお》

発行所　株式会社　二見書房
東京都千代田区三崎町二―一八―一一
電話　〇三―三五一五―二三一一［営業］
〇三―三五一五―二三一三［編集］
振替　〇〇一七〇―四―二六三九

印刷　株式会社　堀内印刷所
製本　株式会社　村上製本所

ISBN978－4－576－17142－5
http://www.futami.co.jp/

喜安幸夫

隠居右善 江戸を走る シリーズ

人の役に立ちたいと隠居後、女鍼師に弟子入りした児島右善。悪を許せぬ元隠密廻り同心、正義の隠居！ 以下続刊

① つけ狙う女
② 妖かしの娘
③ 騒ぎ屋始末
④ 女鍼師 竜尾

見倒屋鬼助事件控

完結

① 朱《あか》鞘《さや》の大刀
② 隠れ岡っ引
③ 濡れ衣晴らし
④ 百日髷《まげ》の剣客
⑤ 冴える木刀
⑥ 身代《しんだい》喰《くい》逃《に》げ屋

はぐれ同心 闇裁き

完結

① はぐれ同心 闇裁き 龍之助江戸草紙
② 隠れ刃
③ 因果の棺桶
④ 老中の迷走
⑤ 斬り込み
⑥ 槍突き無宿
⑦ 口封じ
⑧ 強請《ゆすり》の代償
⑨ 追われ者
⑩ さむらい博徒
⑪ 許せぬ所業
⑫ 最後の戦い

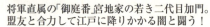

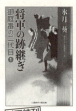